suhrkamp taschenbuch 1911

Ricarda Huch, geboren am 18. Juli 1864 in Braunschweig, ist am 17. November 1947 in Schönberg im Taunus gestorben.
Eine Kriminalgeschichte, aber auch ein Psychogramm ist Ricarda Huchs Erzählung in Briefen *Der letzte Sommer*. Sie spielt im vorrevolutionären Rußland. Unruhen durchziehen das Land, Anschläge bedrohen führende Persönlichkeiten, die zaristische Verwaltung greift hart durch.
Revolutionäre Erneuerung und eiserne systemerhaltende Pflichtauffassung stellen die beiden Pole in dieser Erzählung dar. Am Beispiel zweier Figuren, des revolutionären Studenten Lju und des Gouverneurs Jegor von Rasimkara, zeichnet Ricarda Huch zwei Persönlichkeiten, die sich jeweils durch Gewaltanwendung und durch unbedingtes Festhalten an ihren Ideologien schuldig machen.
Lju gelingt es, sich zum Schutze des Gouverneurs als Leibwächter bzw. Sekretär einstellen zu lassen, gewinnt das Vertrauen aller, faßt aber auch Zuneigung zu den einzelnen Familienmitgliedern. Ein spannungsgeladenes Thema mit einer überraschenden Schlußpointe.

Ricarda Huch
Der letzte Sommer

Eine Erzählung in Briefen

Suhrkamp

Umschlag: Hermann Michels
Umschlagfoto: Ullstein

suhrkamp taschenbuch 1911
Erste Auflage dieser Ausgabe 1991

Druck: Ebner Ulm
Printed in Germany

1 2 3 4 5 6 – 96 95 94 93 92 91

Der letzte Sommer

LJU AN KONSTANTIN

Kremskoje, 5. Mai 19 . .

Lieber Konstantin! Ich habe mein Amt angetreten und will Dir berichten, wie sich mir die Lage darstellt. Daß mir gelingen wird, was ich vorhabe, bezweifle ich nicht, es scheint sogar, daß die Umstände günstiger sind, als man voraussetzen konnte. Meine Persönlichkeit wirkt in der ganzen Familie des Gouverneurs sympathisch, von Argwohn ist keine Rede; dies ist im Grunde natürlich, nur wir Wissenden konnten das Gegenteil befürchten. Wenn der Gouverneur Erkundigungen über mich eingezogen hat, so konnten diese mir nicht schaden; meine Zeugnisse von der Kinderschule an bis zur Universität sind glänzend, und das einzige, was zu meinem Nachteil sprechen könnte, daß ich mich mit meinem Vater überworfen habe, wird dadurch entkräftet, daß sein herrschsüchtiger und verschrobener Charakter allgemein bekannt ist. Ich glaube aber eher, daß er es nicht getan hat; der Mann ist so ganz ohne Mißtrauen, daß es in seiner Lage an Einfalt grenzen würde, wenn es nicht mehr mit seiner Furchtlosigkeit und seiner unrichtigen Beurteilung der Menschen zusammenhinge. Außerdem scheint meine Anstellung durchaus ein Werk seiner Frau zu sein, die, von Natur ängstlich, seit sie den Drohbrief erhalten hat, nichts andres mehr denkt, als wie sie das Leben ihres Mannes schützen kann. Mißtrauen liegt auch in ihrer Natur nicht; während sie in jedem Winkel unmögliche Gefahren wittert, könnte sie dem Mörder einen

Löffel Suppe anbieten, wenn es ihr so vorkäme, als ob der arme Mann nichts Warmes im Leibe hätte. Sie erzählte mir, daß eben der von Dir verfaßte Brief sie auf den Gedanken gebracht hätte, einen jungen Mann zu suchen, der unter dem Vorwande, ihres Mannes Sekretär zu sein, seine Person vor etwaigen Anschlägen beschützte, ohne daß er selbst es bemerkte. Es sei ihr jedoch nicht möglich gewesen, weder ihre Angst noch ihren Plan vor ihrem Manne geheimzuhalten; und auf ihr inständiges Bitten und um Ruhe vor ihr zu haben, sei er endlich darauf eingegangen, teils auch, weil er seit kurzem eine Art Nervenschmerz am rechten Arm habe, der ihm das Schreiben erschwere. Er habe aber die Bedingung gestellt, daß er wenigstens des Nachts unter dem alleinigen Schutze seiner Frau bleiben dürfe. Sie lachten beide, und er setzte hinzu, seine Frau verstehe sich so ausgezeichnet auf die Befestigung der Schlafzimmer, daß er sich dreist ihr anvertrauen dürfe; sie gehe nie zu Bett, ohne vorher alle Schränke und besonders die Vorhänge untersucht zu haben, die sie für Schlupfwinkel von Verbrechern hielte. Natürlich, sagte sie lebhaft, vorsichtig müsse man doch sein, ängstlich sei sie durchaus nicht, sie lasse sogar nachts die Fenster offen, weil sie eine Freundin der frischen Luft sei, gehe allerdings mit dem Gedanken um, Gitter machen zu lassen, die man davorsetzen könne; denn da die Haustüre verschlossen wäre, bliebe doch den Leuten, die Böses vorhätten, nichts andres übrig, als durchs Fenster einzusteigen. Indes-

sen, sagte sie, habe sie schon jetzt das Gefühl, daß sie sich weniger Gedanken machen würde, nun ich da wäre. Ihr Gesicht hatte etwas ungemein Gewinnendes bei diesen Worten. Ich sagte: »Das hoffe ich. Ich würde jede Sorge, die Sie sich jetzt noch machten, als einen Vorwurf gegen meine Berufstreue auffassen.«
Während dieses Gespräches war der Sohn ins Zimmer gekommen; er sah mich mit einem besorgten Blick an und sagte: »Fangen Sie heute schon an?«, worüber wir alle so lachen mußten, daß dadurch sofort ein vertraulicher Ton hergestellt war. Dieser Sohn, er heißt Welja, ist ein hübscher und sehr drolliger Junge, nicht viel jünger als ich, spielt aber noch wie ein Kind von fünf Jahren, nur daß das Spielzeug nicht mehr ganz dasselbe ist. Studieren tut er die Rechte, um einmal die diplomatische Laufbahn einzuschlagen; man merkt aber nichts davon. Er ist klug und ein moderner Mensch mit zahllosen unbeschnittenen Trieben und unbegrenzter Empfänglichkeit; sein Charakter ist, keinen zu haben, und dies macht ihn vollkommen belanglos. Er sieht von jeder Sache nur die Seite, an die sich ein Bonmot anknüpfen läßt, dessen größter und unwiderstehlicher Reiz in der verschlafenen Art besteht, wie er es vorbringt.
Außer dem Sohne sind zwei Töchter da, Jessika und Katja, zwischen zwanzig und dreiundzwanzig Jahren, blond, niedlich, einander ähnlich wie Zwillinge. Sie waren gegen mich eingenommen, weil sie die Furchtsamkeit der Mutter albern finden und weil sie

fürchteten, in ihrer sommerlichen Zurückgezogenheit gestört zu werden; da ihnen aber mein Äußeres hübsch und stilvoll vorkommt und da Welja, der ihr Vorbild ist, sich zu mir hingezogen fühlt, fangen sie an, sich mit meiner Anwesenheit zu befreunden. Diese drei Kinder erinnern mich, ich weiß nicht warum, an kleine Kanarienvögel, die dicht zusammengedrängt auf einer Stange sitzen und zwitschern. Überhaupt hat die ganze Familie etwas kindlich Harmloses, das mich und meine Aufgabe vor mir selbst lächerlich machen könnte; aber ich kenne die menschliche Seele gut genug, um zu wissen, daß diesem Wesen maßloser Hochmut zugrunde liegt. Haß, ja selbst Übelwollen setzt doch eine gewisse Nähe zu den Menschen voraus; diese fühlen sich im Grunde allein in einer ihnen gehörenden Welt. Alle andern haben nicht die Bedeutung der Wirklichkeit und greifen nicht in ihren Frieden ein. Die Dienerschaft besteht aus einem Kutscher, Iwan, der trinkt und den Welja Väterchen nennt, und drei Mädchen; alle sind Leute altrussischer Art, fühlen noch als Leibeigene, beten ihre Herrschaft an und urteilen doch mit unbewußter Überlegenheit über sie, weil sie dem Urquell noch näher sind. Liebe Wesen, die mir, wie Tiere, eine gewisse Ehrfurcht einflößen.
Dies sind meine ersten Eindrücke; Du hörst bald mehr von mir.

Lju

WELJA AN PETER

Kremskoje, 6. Mai

Lieber Peter! Ich habe mich damit abgefunden, daß ich während der ganzen Dauer von Papas Urlaub hier auf dem Lande bleiben muß. Blödsinnige Sache, dieser Schluß der Universität. Ich hatte doch vollkommen recht, als ich Ruhe empfahl; denn daß wir bei einem Kampfe den kürzeren ziehen mußten, war vorauszusehen. Aber Du mußtest natürlich wie eine geheizte Maschine ohne Bremse drauflos, und es ist reiner Zufall, daß Du nicht von meinem eignen Vater an den Galgen gebracht wirst. Es ist durchaus keine Schande, der Übermacht nachzugeben, vielmehr Stumpfsinn und Raserei, gegen sie anzugehen; ich leide an keinem von beiden. Wenn mir die armen Kerls nicht leid täten, die mit ihrem heiligen Eifer so rettungslos hereingefallen sind, würde ich mich mit der Geschichte ganz aussöhnen; den Sommer genießt man hier schließlich am besten, und aus der Affäre mit der Lisabeth, die ich ein bißchen unüberlegt angezettelt hatte, hätte ich mich nicht so leicht loswickeln können, wenn ich in Petersburg geblieben wäre. Wenn Papa und Mama auch etwas rückständig sind, so haben sie doch Verstand und Geschmack und sind zum täglichen Umgang viel angenehmer als die rabiaten Köpfe, mit denen Du Deine antediluvianische Dickhaut zu umgeben liebst. Papa darf man zwar nicht ernstlich widersprechen, wenn man seine Ruhe bei Tisch haben will, aber Mama hört gelegentlich eine rebellische Ansicht recht gern und frondiert

mit einer gewissen Verve gegen Papa, was ihm auch in angemessenen Grenzen gut an ihr gefällt; wenn er sich aber nachdrücklich räuspert oder die Augenbrauen zusammenzieht, lenkt sie gleich ein, schon um uns mit dem guten Beispiel der Unterordnung voranzugehen. Übrigens ist ja auch Katja hier, es ist also nicht nur erträglich, sondern positiv nett.
Der Schutzengel ist angekommen. Mama ist überzeugt, daß er das Talent hat, alle Gifte, Waffen, Dynamitpatronen und sonstigen Unfälle von Papa ab- und auf sich hinzulenken, und schätzt den begabten jungen Mann unendlich. Wir dachten, es würde ein Mann mit breitem Vollbart, biederen Fäusten und aufgeblasenen Redensarten ankommen; anstatt dessen ist er schlank, glattrasiert, zurückhaltend, eher ein englischer Typus. Mir sagte er, sein Vater habe verlangt, daß er sich zu einer Professur melde – er hat nämlich Philosophie studiert –, aber er wolle keinen Beruf und habe besonders einen Widerwillen gegen die zünftigen Philosophen. Um ihn zu zwingen, habe sein Vater ihm alle Geldmittel entzogen, und deshalb habe er diese Stellung angenommen, zu der er im Grunde wohl wenig befähigt sei. Er sagte: »Ich glaube, ich kann mich am ersten dadurch nützlich machen, daß ich Ihre Frau Mutter ein wenig beruhige, und das scheint mir gar nicht schwer zu sein. Sie hat die liebenswürdige Eigenschaft, nicht zweifelsüchtig zu sein, und wird mich gern für einen geborenen Blitzableiter halten, wenn ich mir einigermaßen Mühe gebe, einen solchen vor-

zustellen.« Ich sagte: »Wenn Sie sich nur nicht dabei langweilen.« Darüber lachte er und sagte: »Ich langweile mich nie. Der Mensch befindet sich, wo er auch ist, im Mittelpunkt eines Mysteriums. Aber auch abgesehen davon: ich liebe das Landleben und gute Gesellschaft, für mich ist also gesorgt.« Er hat einen durchdringenden Blick, und ich bin überzeugt, daß er uns alle schon ziemlich zutreffend zerlegt und eingeteilt hat. Er selbst glaubt unergründlich zu sein; ich halte ihn trotz seiner anscheinenden Kälte für verwegen, sehr leidenschaftlich und ehrgeizig. Es wäre schade, wenn er doch noch einmal Professor würde. Man hat das Gefühl, daß er mehr will und kann als andre Menschen. Seine Ansichten werden wohl nicht weniger revolutionär sein als unsre, aber er ist bis jetzt ganz unpersönlich im Gespräch. Diese Objektivität imponiert mir eigentlich am meisten, besonders weil seine Unterhaltung trotzdem anregend ist. Jessika und Katja sind dafür natürlich sehr empfänglich, weswegen Du aber noch nicht eifersüchtig zu werden brauchst, alter Saurier.

Dein Welja

JESSIKA AN TATJANA

Kremskoje, 7. Mai

Liebe Tante! Da es tiefstes Geheimnis ist und bleiben soll, daß Mama einen Sekretär für Papa angestellt hat, dessen eigentliche Bestimmung ist, Papa vor den Bomben zu schützen, die ihm angedroht sind, kann ich die Tatsache wohl als bekannt voraussetzen. Vielleicht ist es auch besser, wenn sie in den weitesten Kreisen verbreitet wird, dann fangen die Anarchisten gar nicht erst an zu werfen, wodurch unserm Schutzengel seine Arbeit erleichtert wird. Du siehst, daß ich ihm wohlwill, und er verdient es schon deshalb, weil seine Anwesenheit so günstig auf Mamas Stimmung einwirkt. Am ersten Mittag fragte Mama ihn, was er geträumt habe; der erste Traum an einem neuen Aufenthalt sei bedeutungsvoll. Ich glaube, er hatte gar nichts geträumt, aber er erzählte, ohne sich zu besinnen, eine lange Geschichte, daß er sich im Innern eines herrlichen Palastes befunden habe und langsam von einem Raume zum andern gegangen sei, und beschrieb alle ganz ausführlich. Zuletzt sei er zu einem Gemach gekommen, in dem es ganz dunkel gewesen sei und auf dessen Schwelle ihn eine unerklärliche Bangigkeit befallen habe; er habe gezögert, weiterzugehen, dann sich zusammengenommen, dann wieder innegehalten und sei dann unter Herzklopfen aufgewacht. Mamas Augen wurden immer größer. »Wie gut«, sagte sie, »daß Sie nicht hineingegangen sind, es wäre gewiß etwas Schreckliches darin gewesen.« – »Vielleicht eine Badewanne«, sagte Welja ruhig. Wir mußten alle lachen, und da Katja erst anfing, als wir andern schon fertig waren, dauerte es sehr lange. Ich sagte: »Bitte, träumen Sie doch nächste Nacht weiter und nehmen Sie ein Bad, damit Mama beruhigt ist; denn Baden kann doch nur Gutes bedeuten.« Nein, sagte Mama, Wasser wäre zweideutig, nur Feuer wäre ein unbedingter Glückstraum, und sie hätte eben diese Nacht einen gehabt. Dann erzählte sie ihren Traum, er war zu niedlich; sie hatte nämlich mit Papa schlafen gehen wollen, und da hatten ihre Betten in Flammen gestanden, schönen, hellen Flammen ohne Rauch (das ist sehr wichtig!), und sie hatte immer hineingeblasen, in der Meinung zu löschen. Da hatte Papa gerufen: »Lusinja, so blase doch nicht!« und hatte vor Lachen kaum sprechen können, und darüber war sie auch ins Lachen gekommen und war lachend aufgewacht. Diesen Traum bezog Mama auf Lju, dessen Ankunft für uns glückbringend sei; Lju heißt unser Schutzengel. Daran anknüpfend erklärte er, woher der Volksglaube an die Bedeutung der Träume stamme und daß und warum Wasser und Feuer bei allen Völkern im selben Sinne aufgefaßt würden und was Wahres daran sei; leider kann ich es Dir nicht so hübsch auseinandersetzen, wie er es tat. Papa hörte auch sehr interessiert zu, obgleich er von Träumen und dergleichen eigentlich gar nichts versteht, und sagte zuletzt mit einem Seufzer: »Sie würden ausgezeichnet zum Sekretär meiner Frau passen!« Nun will ich Dir noch etwas Niedliches erzählen, das heute mittag passierte. Ich fragte Welja, ob er noch Pudding wolle, und er sagte nach seiner Gewohnheit: »Vater, wie du willst!« Lju sah ihn neugierig an, und da erklärte Mama, das wäre Weljas Lieblingsredensart, die er immer im Munde führte, um zu sagen: es ist mir gleichgültig; sie hoffe aber, setzte sie nachdrücklich hinzu, er unterdrückte nun einmal diese üble Angewohnheit, denn sie möge Profanationen des Heiligen durchaus nicht leiden. »Profanationen des Heiligen?« sagte Welja erstaunt. »Was meinst du damit?« – »Aber Welja«, sagte Mama mit Entrüstung, »tu doch nicht, als ob du nicht wüßtest, daß die Worte in der Bibel stehen!« – »Nein, wahrhaftig«, ruft Welja, »wenn ich eine Ahnung gehabt hätte, daß solche faule Redensarten in der Bibel stehen, hätte ich auch mal drin gelesen!« Der gute Junge, das ehrlichste Staunen strahlte aus seinen weitaufgerissenen Augen. Lju konnte gar nicht aufhören zu lachen, ich glaube, er ist entzückt von Welja.

Mit Papas Nerven geht es ganz gut, er hat Iwan einmal angegrollt, als er dachte, er wäre betrunken – er war es zufällig gerade nicht –, und einmal, weil ihm der Reis angebrannt vorkam, aber einen richtigen Krach hat er noch nicht gemacht, obgleich wir schon vier Tage draußen sind.

Geliebteste Tante, ich lege alle Tage Sträuße von Thymian, Lavendel und Rosmarin in unser Gastzimmer, nicht nur auf den Tisch, sondern auch in Schränke und Kommoden, damit es durch und durch einen hübschen Biedermeiergeruch bekommt. Belohne meine Aufmerksamkeit, indem Du kommst.

Deine Jessika

KATJA AN PETER

Kremskoje, 9. Mai

Lieber Peter! Du bist ein Kalb, wenn Du mir wirklich übelgenommen hast, daß ich nicht zu Hause war, als Du mir adieu sagen wolltest. Konnte ich wissen, daß Du kommen würdest? Und außerdem machte ich noch einen Besuch bei der alten Generalin, was doch wahrhaftig kein Vergnügen ist. Übelnehmen ist kleinbürgerlich, hoffentlich hat Welja mich angelogen. Wenn ich es nicht so unverschämt von Papa fände, daß er die Universität geschlossen hat, würde ich froh sein, daß ich hier bin. Ich tue nichts als essen, schlafen, lesen und radfahren. Der neue Sekretär ist sehr elegant, obgleich er kein Geld hat, eine glänzende Erscheinung und fabelhaft klug. Er radelt auch mit uns, aber er tut es nicht gern, er sagt, es wäre schon veraltet, man müßte jetzt Automobil fahren. Ich finde, er hat ganz recht, wir wollen Papa auch dahin bringen, daß er eins anschafft, einstweilen halten wir eine Zeitung für Automobilwesen.

Gruß Katja

LJU AN KONSTANTIN

Kremskoje, 10. Mai

Der Aufenthalt hier ist mir von großem psychologischem Interesse. Die Familie hat alle Vorzüge und Fehler ihres Standes. Vielleicht kann man von Fehlern nicht einmal reden; sie haben vorzüglich den einen, einer Zeit anzugehören, die vergehen muß, und einer im Wege zu stehen, die sich entwickelt. Wenn ein schöner alter Baum fallen muß, um einer Eisenbahnlinie Platz zu machen, so schmerzt es einen; man steht bei ihm wie bei einem alten Freunde und betrachtet ihn bewundernd und trauernd bis zu seinem Sturze. Unleugbar ist es schade um den Gouverneur, der ein vortreffliches Exemplar seiner Gattung ist; allerdings glaube ich, daß er seinen Höhepunkt bereits überschritten hat. Wenn er die Einsicht davon hätte und von seinem Amte zurückträte oder wenn er es täte, um sein Leben nicht auszusetzen, niemand würde es freudiger begrüßen als ich; aber dazu ist er zu stolz. Er glaubt, nur wer arbeite und etwas leiste, habe ein Recht zu leben, überhaupt kann er sich ein Leben ohne Arbeit nicht vorstellen; darum will er arbeiten und glaubt, wenn er dies und das tue, was die Ärzte ihm empfehlen, so würde er die frühere Kraft allmählich wiedererhalten. Neulich schlief er ein, während er am Schreibtische saß, und ich konnte ihn ungestört beobachten; wie das schöne, dunkle und leidenschaftliche Auge sein Gesicht nicht belebte, erschien es sehr schlaff und erschöpft, während er im allgemeinen noch den Eindruck reifer Manneskraft hervorruft. Als er aufwachte, setzte er sich sofort aufrecht hin, warf einen schnellen Blick auf mich und war sichtlich dadurch beruhigt, daß ich nichts bemerkt zu haben schien. Es ist charakteristisch für ihn, daß er nicht gern zugibt, wenn er ermüdet oder schläfrig ist. So ist es ihm angenehm, daß ich ihm das bißchen Arbeit, das er hier während des Urlaubs erledigt, abnehme oder erleichtere, und er sagt es auch; aber er möchte nicht, daß man dächte, er wäre zu abgespannt, um es allein zu tun, ja, es würde ihn unglücklich machen, es selbst zu denken.

Er ist, wie oft Menschen, die im Amte für streng und mitleidlos gelten, gegen jeden einzelnen wohlwollend, ja sogar von unbegrenzter Gutmütigkeit, wenn er liebevoller Nachgiebigkeit und Unterordnung begegnet. Widersetzlichkeit macht ihn fassungslos, da er unmittelbar nichts empfindet als seinen Willen und naiv genug ist, vorauszusetzen, daß er ebenso für alle andern maßgebend sein müßte. Er kommt mir vor wie eine Sonne, die schön und treu, wenn auch etwas rücksichtslos, ihre Welt zu unterhalten beflissen ist; er trägt, brennt und leuchtet nach Kräften und zweifelt nicht, daß die Planeten ihr Ideal darin finden, sich zeitlebens um ihn herumzudrehen. An die Existenz von Kometen und Abnormitäten glaubt er im Grunde nicht, es sei denn, daß sie in ihm selbst vorkämen; ich könnte mir denken, daß die ernstliche, tatsächliche Abtrünnigkeit eines Trabanten ihn eher wahnsinnig als zornig machte. Dabei tun seine Kinder im allgemeinen, was sie Lust haben; aber in der Theorie tasten sie seine Herrschaft nicht an; dann sind es seine eignen Kinder, und er ist ein Mann von starken Instinkten, und schließlich ist er bequem, was sich mit Arbeitsamkeit wohl vereinen läßt; zu Hause will er es behaglich haben.

Welja ist ein reizvoller Junge, obwohl er hier nicht

an seinem Platze ist. Er hat die Seele eines neapolitanischen Fischerknaben oder eines fürstlichen Lieblings, der hübsche Kleider trägt, hübsche, kecke Dinge sagt und keinen großen Unterschied zwischen Leben und Traum macht. Die beiden Töchter sind nicht so zwillingshaft, wie es mir zuerst schien, auch äußerlich nicht. Sie sind beide eher klein als groß und haben Massen blonden Haares über zarten Gesichtern, übrigens sind sie so verschieden voneinander wie eine Teerose von einer Moosrose. Wenn Jessika geht, ist es, als ob ein weicher Wind ein losgerissenes Blütenblatt durchs Zimmer wehte; Katja steht fest auf der Erde, und was ihr nicht ausweicht, wird womöglich mit Nachdruck beiseite geworfen. Jessika ist zart, hat oft Schmerzen, und ihre Verletzlichkeit gibt ihr einen besonderen, raffinierten Zauber; man glaubt, man könne sie nicht ans Herz drücken, ohne daß es weh täte. Katja ist gesund, ehrlich, durchaus nicht aufregend, ein kluges, temperamentvolles Kind, an dem man seine Freude hat. Jessika hat zuweilen etwas Schmachtendes, dann wieder überrascht sie durch anmutigen Witz, der niemals verletzend, sondern eher wie eine auserwählte Liebkosung wirkt. Es hat einen Zauber, Einfluß auf diese jungen Menschen zu gewinnen, und ich genieße ihn einstweilen: das Schwere und Harte bleibt nicht aus.

Lju

JESSIKA AN TATJANA

Kremskoje, 10. Mai

Liebste Tante! Du beunruhigst Dich wegen unsers Beschützers, der eigens zum Beruhigen da ist? Ich bin entzückt von ihm, und aus meinem Briefe spricht eine verdächtige Fröhlichkeit? Mein Gott, natürlich finde ich ihn angenehm, da seine Anwesenheit Mamas Besorgnisse zerstreut hat! Sei ruhig, geliebteste Tante, wenn er sich verliebt, wird er sich in Katja verlieben, und Katjas Herz hältst Du doch nicht für so zerbrechlich wie meins. Oder fürchtest Du in dem Falle, daß Peter eifersüchtig wird? Weißt Du, ich glaube, Katja verliebt sich überhaupt nicht ernstlich; sie steckt mit Welja in den Johannisbeeren, und beide essen mit derselben Geschwindigkeit und Unbedenklichkeit wie vor zehn Jahren, als bekämen sie einen Orden dafür.

Mama ist jetzt wirklich so ruhig und vergnügt wie seit langer Zeit nicht. Gott, wenn ich an die letzte Zeit in der Stadt denke, an die Auftritte, wenn Papa eine halbe Stunde länger ausblieb, als sie gerechnet hatte! Neulich fand sie ihn nicht in seinem Zimmer, im ganzen Hause nicht und auch nicht im Garten. Sie fing schon an aufgeregt zu werden, da sagte unsre Mariuschka, der Herr Gouverneur wäre mit dem Herrn Sekretär spazierengegangen. Sofort war ihre Stimmung wieder im Gleichgewicht, sie forderte mich auf, ein Duett mit ihr zu singen, behauptete, ich sänge entzückend, und schmetterte selbst wie eine Nachtigall in Liebesromanen. Heute nachmittag war

Papa, als er zum Tee gerufen wurde, noch etwas verschlafen. Mama nahm ihre Lorgnette zur Hand, betrachtete ihn aufmerksam und fragte mit zärtlicher Betonung: »Warum bist du so blaß, Jegor?« Papa sagte: »Endlich! Ich habe schon gedacht, du liebtest mich nicht mehr, weil du mich seit acht Tagen nicht danach gefragt hast.« Dies war natürlich Spaß; aber wenn Mamas Ängstlichkeit, über die er sich immer lustig macht, wirklich mal ausbliebe, würde er sich tatsächlich sehr vernachlässigt fühlen; so ist der Herr Gouverneur.

Da fällt mir ein, geliebteste Tante, daß ich noch nicht weiß, ob Deine Erkältung ganz verschwunden ist. Ob der fatale, rätselhafte Schmerz an Deinem kleinen Finger nachgelassen hat. Ob und wann Du kommst. Der Flieder blüht, die Kastanien blühen, alles, was blühen kann, blüht! Deine Jessika

WELJA AN PETER

Kremskoje, 12. Mai

Lieber Peter! Wenn Du Eifersucht merken läßt, machst Du Dich lächerlich bei Katja. Wozu auch? Am ersten könntest Du noch auf mich eifersüchtig sein, aber dazu bist Du zu grob organisiert. Lju macht Jessika den Hof, das heißt, er sieht sie an und regiert sie mit den Augen, denn sie fällt natürlich darauf herein. Lju ist ein fabelhafter Mensch, man könnte sagen seelenlos, wenn man ein Element, das ganz Kraft ist, so nennen kann. Er würde sich wahrscheinlich kein Gewissen daraus machen, Jessika oder sonst ein Mädchen unglücklich zu machen; wenn man den Mut hat, sich ihm ganz hinzugeben, muß man auch den haben, sich zerstören zu lassen. Und warum stürzen sich die Mädchen so gierig ins Licht? Es ist jedenfalls ihre Bestimmung, wie die der Motten, sich die Flügel zu verbrennen. Übrigens würde Lju niemals ein Mädchen seiner Eitelkeit zum Opfer bringen, wie doch schließlich die meisten von uns tun. Er zerstört sie nur so beiläufig, wie zum Beispiel die Sonne tut; sie sollten ihm einfach nicht zu nahe kommen, aber das können sie natürlich nicht lassen. Katja ist gottlob! anders, das gefällt mir so gut an ihr, obgleich ich nicht möchte, daß alle so wären.

Katja und ich haben gestern im Dorfe einen türkischen Konfekthändler entdeckt, der unerhört gute Sachen hat, rosa und klebrig und durchsichtig und gummiartig. Er scheint ein echter Türke zu sein, denn etwas so Süßes habe ich noch nie gegessen. Ich glaube, je mehr man nach Südosten kommt, desto wundervoller werden die Süßigkeiten. Katja und ich aßen immerzu, der Türke betrachtete uns ganz ausdruckslos mit seinen großen Kuhaugen. Endlich konnten wir nicht mehr, und ich sagte: »Jetzt müssen wir aufhören.« – »Haben Sie kein Geld mehr?« fragte er; ich glaube, er hielt uns für Kinder. Ich sagte: »Mir wird übel.« Sein gelbes Gesicht veränderte sich nicht; ich glaube, wenn wir vor seinen

Augen geplatzt wären, hätte er nicht mit der Wimper gezuckt.

Wir trafen ein sehr niedliches Mädchen im Dorf, mit dem wir als Kinder zuweilen gespielt haben. Damals fanden wir sie furchtbar häßlich, weil sie rote Haare hat, und neckten sie damit; jetzt kam sie mir verteufelt niedlich vor. Ich rief ihr zu: »Anetta, du bist ja gar nicht mehr häßlich?«, und sie antwortete gleich: »Welja, du bist ja gar nicht mehr blind!« Weil Katja dabei war, konnte ich weiter nichts machen, aber ich habe ihr zugenickt, und sie hat mich verstanden.

Welja

LUSINJA AN TATJANA

Kremskoje, 13. Mai

Liebe Tatjana! Nun sag, warum bildest Du Dir so fest ein, meine Töchter müßten sich in Lju verlieben? Ich habe sie bisher für viel zu unentwickelt zur Liebe gehalten, Katja ist ja wirklich noch ein Kind. Da Du mich nun einmal darauf aufmerksam gemacht hast, sehe ich ein, daß Lju gefährlich ist; männlich, mutig, klug, interessant, auffallend, alles, was einem jungen Mädchen imponiert. Ich muß es aber rühmen, daß er eher zurückhaltend gegen meine beiden Kleinen ist; möglicherweise ist er schon gebunden. Daß Jessika ihn bewundert, habe ich wohl bemerkt; wenn er spricht, hängen ihre Augen an ihm, sie selbst ist gesprächiger als sonst und voll allerliebster Einfälle. Ich dachte mir nichts Arges dabei, sondern freute

mich an ihrer Freudigkeit. Tatjana, wenn Du sie einladen willst und sie gern zu Dir kommen will, werde ich ihr nichts in den Weg legen. Es mag sein, daß es besser ist. Meine arme kleine Jessika, wenn ich mir denke, daß sie ihn liebte! Liebte er sie nicht, müßte sie leiden, und vielleicht noch mehr, wenn er sie liebte. Nein, der ist kein Mann für sie. Er versteht alles, aber er vergißt sich niemals, er hat gar keinen Sinn für Kleinigkeiten und Torheiten, oder wenn er Sinn dafür hat, so ist es wie für Kräuter, die man in ein Herbarium sammelt. Hingeben kann er sich nicht, er verzehrt nur. Ich traue ihm sehr viel zu, zum Beispiel, daß er einmal ein sehr berühmter Mann wird; jedenfalls braucht er dünne Höhenluft, in der mein kleines Mädchen nicht atmen könnte.
Merkwürdig ist an ihm, daß er sich offenbar für uns alle lebhaft interessiert, daß er für unsre Vorzüge empfänglich scheint, daß er das Vertrauen, das wir ihm entgegenbringen, als etwas Selbstverständliches hinnimmt und doch von sich selbst eigentlich nichts hergibt. Nicht daß er nicht offen wäre, er beantwortet jede Frage, die man zufällig einmal an ihn richtete, freimütig und ausgiebig; man kann vielleicht nicht einmal sagen, daß er verschlossen ist, wenigstens spricht er ziemlich viel und stets von Dingen, die ihm wirklich wichtig sind. Trotzdem hat man nicht das Gefühl, daß man sein Inneres kennt. Ich habe schon gedacht, daß es Geheimnisse in seinem Leben geben könnte, die ihm Zurückhaltung auferlegen; aber es beunruhigt mich nicht, weil ich sicher bin, daß es

nichts Gemeines ist. Neulich war von Lügen die Rede. Da sagte Lju, Lügen wäre unter Umständen eine Waffe im Kampfe des Lebens, nicht schlechter als eine andre, nur Sichselbstbelügen wäre verächtlich. Welja sagte: »Sich selbst belügen? Wie macht man das überhaupt? Ich würde mir doch niemals glauben.« Lju lachte ganz beseligt, ich mußte auch lachen, hielt mich aber doch verpflichtet, Welja zu sagen, es wäre ein schlechter Witz gewesen. »Bessere können wir doch hier nicht machen«, sagte der Junge, »sonst versteht Katja sie nicht.« Ja, eigentlich wollte ich Dir nur sagen, die Überzeugung habe ich wirklich, daß Lju sich niemals selbst belügen würde, und das ist mir das Wesentliche. Der Grundsatz mag gefährlich sein, aber einem bedeutenden Menschen ist er angemessen.
Liebe Schwester meines geliebten Mannes, wenn ich nicht die großen Kinder um mich hätte, könnte ich mir jetzt einbilden, wir wären auf der Hochzeitsreise. Brauchten wir nur niemals in die Stadt zurück! Jegor hat sein Klavierspiel wiederaufgenommen, da er nun einmal nicht unbeschäftigt sein kann, und ich, die es sehr wohl kann, höre zu und träume. Erinnerst Du Dich noch an die Zeit, wo ich ihn meinen Unsterblichen nannte? Manchmal jetzt, wenn ich ihn ansehe, überläuft mich das Gefühl, daß etwas anders geworden ist; es sind nicht die weißen Haare, deren schon mehr als schwarze sind, nicht die tiefen Schatten, die oft unter seinen Augen liegen, nicht die strengen Linien, die sein Gesicht verdunkeln –: es ist etwas

Unnennbares, das sein ganzes Wesen umgibt. Einmal mußte ich plötzlich aufspringen und fortlaufen, weil mir die Tränen aus den Augen sprangen, und im Schlafzimmer habe ich ins Kissen geschrien: »Mein Unsterblicher! ach, mein Unsterblicher!« Siehst Du, das ist nicht merkwürdig, daß es Wahnsinnige gibt, aber daß auch die Allervernünftigsten einmal einen Wahnsinnsanfall haben können, das ist beklagenswert.

Deine Lusinja

LJU AN KONSTANTIN

Kremskoje, 15. Mai

Lieber Konstantin! Ich hätte mir das denken können; aber ich möchte, daß ich mich täusche, wenn ich es künftig denke. Es macht den Eindruck, daß ich mich zum Zweck psychologischer Studien hier befinde; Du findest, daß ich sehr viel Sinn für das Familienleben entwickle; Du meinst, ich hätte ebensogut meine Großtante in Odessa besuchen können, und sonst noch mehreres. Was willst Du? Hattest Du erwartet, ich würde mich wie ein hungriger Kannibale oder haßerfüllter Nebenbuhler oder betrogener Ehemann auf mein Opfer stürzen? Wir waren uns darüber einig, daß wir es nicht machen wollten wie die fanatischen Büffel, denen es bei ihren Attentaten mehr darauf anzukommen scheint, daß sie ihr eignes Leben wegwerfen als das des Gegners. Wir wollten unser Ziel erreichen, ohne unser Leben, unsre Freiheit, womöglich sogar unsern Ruf aufs Spiel zu setzen; denn wir haben noch mehr zu erreichen, und wir wissen, daß wir nicht leicht zu ersetzen sind. Wenn es eilte, würde ich anders gehandelt haben; aber der Studentenprozeß beginnt erst Anfang August, bis dahin dauert der Urlaub des Gouverneurs, und ich habe demnach noch drei Monate Zeit, von denen erst ein halber verflossen ist. Ich sehe mich hier um, ich lerne die Menschen, die Umgebung kennen und warte auf eine Gelegenheit. Natürlich hätte ich den Gouverneur längst ermorden können, wenn es mir nur darauf ankäme; ich bin oft mit ihm allein gewesen, sowohl im Hause wie im Garten und im Walde. Aber dann hätte ich unrichtig gehandelt. Jetzt, wo ich zwar geschätzt und fast geliebt werde, aber immerhin noch ein Fremder bin, könnte sich ein Argwohn gegen mich erheben; in ein paar Wochen werde ich wie ein Glied der Familie und wird das nicht mehr möglich sein. Ich schrieb Dir neulich, glaube ich, daß ich einige Minuten neben ihm gesessen habe, während er schlief. Ich betrachtete den Teil seines Gesichtes, der mir zugewendet war; die breiten schwarzen Brauen – ein Zeichen starker Vitalität –, die strenggebogene Nase, in jeder Linie liegt Feuer und Noblesse; durch vornehmes Empfinden gemäßigte Leidenschaft scheint mir auch ein Grundzug seines Charakters zu sein. Ein wundervolles Geschöpf! Indem ich ihn betrachtete, dachte ich, wieviel lieber ich diesen Kopf meinen Gedanken, meinen Absichten zugänglicher machen

als ihn mit einer Kugel zerstören möchte. Auch dies mußt Du bedenken, daß ich den Mord umgehen könnte, wenn es mir glückte, ihn zu beherrschen, zu beeinflussen. Ich will aber gleich hinzusetzen, daß ich die Möglichkeit für gering halte: in kleinen Dingen ist er wie Wachs, in wichtigen wie Eisen. Wenn er etwas bestimmt will, können weder Furcht noch Liebe ihn umstimmen; so scheint es mir bis jetzt.
Der Kleine ist anders; er ist so indolent, daß er einem dankbar ist, wenn man für ihn will, man muß es nur mit Verstand tun. Seine Vorurteilslosigkeit setzt in Erstaunen. Er scheint gar nicht durch Tradition beherrscht; er hat etwas, als ob er mit keinem Bande an Vergangenheit, Familie, Vaterland angeknüpft wäre. Ich muß an ein altes Märchen denken, in dem ein elternloses Kind als Kind der Sonne auftritt; daran erinnert auch seine goldbraune Haut. Im Gespräch mit ihm spreche ich fast so, wie ich denke; er ist so unbefangen, daß es ihm nicht einmal auffällt, wie ich mit meinen Ideen eine Stellung bei seinem Vater habe annehmen können. Er findet es offenbar selbstverständlich, daß ein Mensch von Verstand so denkt, wie ich denke, und nebenbei jede Rolle spielt, die nach seinem Geschmack und zu seinem Fortkommen nützlich ist. Ich habe ihn lieb, und es freut mich, daß ich ihm nichts zuleide zu tun brauche. Katja denkt wie ihr Bruder, zum Teil vielleicht aus Liebe zu ihm. Sie ist für ein Mädchen sehr klug und einsichtsvoll; aber sie kann so verständig reden, wie sie will, sie ist immer wie ein kleiner, niedlicher

Vogel, der auf einem Zweige sitzt und zwitschert, das ist das Reizende an ihr.
Konstantin, mache mir nicht wieder Vorwürfe. Wenn mir solche zu machen wären, würde ich es selbst tun; deshalb hat kein andrer das Recht dazu.

Lju

JESSIKA AN TATJANA

Kremskoje, 15. Mai

Tante, Du hast mich eingeladen, huldvolle Tante! Ich küsse dankbar Deine schöne Hand. Vielleicht komme ich auch einmal, wenn Du gerade gar nicht daran denkst. Aber Liebste, weißt Du denn gar nicht, daß ich Pflichten habe? Ich kann doch nicht so ohne weiteres fort. Wir haben doch einen Haushalt, und Du weißt, daß auch die besten Dienstleute von einem höheren Wesen inspiriert werden müssen. Ich bedaure die Köchin, die bei unsrer fünffachen Wunderlichkeit gar keinen Rückhalt hätte. Papa schwärmt für gefüllte Tomaten, aber nicht für Tomaten an der Sauce, was Mama besonders liebt, während Welja eine Leidenschaft für Tomaten in Salat hat, Katja ißt sie nur roh. Katja ißt keinen süß zubereiteten Reis, Papa keinen gepfefferten, ich keinen Milchreis. Niemand von uns ißt Kohl, wir wollen aber täglich grünes Gemüse; so könnte ich noch seitenlang fortfahren. Keine Köchin behält das alles, und lesen kann unsre nicht. Wenn ich fort wäre, müßte Mama an das alles denken – denn Katja fiele

das nicht ein –, und das täte mir so leid. Sie geht den ganzen Tag herum und ist glücklich, ihren Mann einmal für sich und in Sicherheit zu haben; man mag ihr keine dummen Alltäglichkeiten aufbürden gerade jetzt.
Ihr denkt, ich wäre nur eine unbedeutende kleine Person! Aber sie würden es schon bemerken, wenn nicht vor jedem die Tasse Tee oder Kaffee mit gerade so viel Zucker und Milch oder Zitrone stände, wie er es haben mag, oder wenn ihm die Orangenschnitten nicht so fein geschält und entkernt auf den Teller flögen, wie er es gewohnt ist, oder wenn die Bleistifte und Scheren und Schirme, die er verliert oder verlegt, nicht gerade im richtigen Augenblick von mir wiedergefunden würden! Ja, so bin ich! Komm Du nur einmal hierher und überzeuge Dich, wie unentbehrlich ich bin.
Wenn Du nun findest, daß ich belohnt und entschädigt werden muß, Tante Tatjana, so schicke mir doch lila Batist zu einer Bluse und dazu passenden Zwischensatz und Spitzen. Ich habe nichts, was leicht genug wäre bei der Hitze. Niemand hat so viel Geschmack wie Du, darum besorge es, bitte, selbst, Holdseligste. Deine dankbare Jessika

WELJA AN PETER

Kremskoje, 17. Mai

Lieber Peter! Ich habe mich nicht getäuscht, Lju ist im Grunde ein Revolutionär, nur daß noch etwas dabei ist, was seine Ansichten himmelhoch über die durchschnittlichen erhebt. Wie soll ich Dir das begreiflich machen, süßes Megatherium? Er denkt und steht zugleich über dem, was er denkt. Er hält das, was er denkt und wünscht, nicht für das Letzte, Absolute. Darum steht er auch abseits von den Parteien, weil er über sie hinaussieht. Er sagt, der alten Generation gegenüber haben die Neuen recht, obwohl sie, an sich betrachtet, fast noch weniger recht haben als die Alten. Natürlich verstehst Du das nicht, weil Dir die Selbstironie fehlt, sowohl der Begriff wie die Qualität. Ihr habt keine Idee, wie komisch es ist, wenn Ihr Euch über die Verkommenheit der alten Kultur erhitzt und nicht von ferne ahnt, was Kultur eigentlich bedeutet. Macht nichts, brülle nicht, alter Saurier, ich bin ganz Euer. Mein Vater ist köstlich; er findet, daß Lju ein sehr angenehmer, kluger und unterhaltender Mensch ist, weiter dringt sein Scharfblick nicht. Er kommt nicht auf die Idee, daß ein Mensch in honetten Kleidern, der höflich mit ihm umgeht und ihm nicht widerspricht, sich außerhalb seines Systems bewegen könnte. Mama ist viel weniger, wie soll ich es nennen, auf ihr Selbst beschränkt. Sie sieht wenigstens deutlich ein, daß sie längst nicht Ljus ganzes Wesen erfaßt hat; sie fühlt etwas Fremdes, wenn sie dessen auch nicht habhaft werden kann. Neulich sagte sie zu ihm, seinen Talenten und Kenntnissen und seiner Leistungsfähigkeit sei eigentlich das Amt, das er in unserm Hause bekleide, nicht angemessen, ebensowenig das Entgelt, er hätte es gar nicht annehmen dürfen. Lju sagte, er hätte gehofft, als Privatsekretär freie Zeit übrig zu haben, die er gebrauche, um ein philosophisches Werk zu vollenden, das sei sein nächstes Arbeitsziel. Darüber wurde Mama ordentlich rot und meinte, er sei nun gewiß enttäuscht, da ja seine ganze Person bei uns dauernd in Anspruch genommen werde. Ich glaube, Lju hatte schon ganz vergessen, daß er hier ist, um Mörder und Bomben abzufangen, während Mama denkt, er riebe sich bei dieser schwer zu definierenden Tätigkeit auf. Sie fordert ihn seitdem öfters auf, sich in sein Zimmer zurückzuziehen und zu arbeiten, und ist geneigt, es sehr anspruchsvoll von Papa zu finden, wenn er ihm mal außer der Zeit einen Brief diktieren will; er könnte sich eigentlich eine Schreibmaschine anschaffen, meinte sie. Man kann nicht behaupten, daß Mama die Leute ausbeutet.

Wir sind augenblicklich damit beschäftigt, Papa ein Automobil kaufen zu lassen; er ist auch schon nahe daran. Wir sprechen bei Tisch immer von den letzten Automobilrennen und erörtern, ob es mit Benzin oder Elektrizität billiger ist. Lju meinte, ob wir nicht lieber warten und dann gleich ein lenkbares Luftfahrzeug anschaffen wollten. Von dem Gedanken war Papa ordentlich hingerissen, und wie er die Kosten davon berechnete, kam ihm das Auto hernach schon ganz alltäglich und kleinbürgerlich vor. Lju ist gar nicht musikalisch. Er sagt, Musik wäre eine primitive Kunst, wenigstens die man bis jetzt kennte. Es könnte vielleicht auch anders sein, wovon Richard Wagner gewisse Andeutungen gäbe. Das Musikalische in unsrer Familie wäre primitiv. Ich glaube, daß das ganz richtig ist, besonders bei Papa. Er spielt schön in dem Sinne, wie der Wald rauscht oder der Wind saust, es ist etwas Dämonisches. Aber das Besessensein ist kein Kulturfaktor. Lju hat aber viel übrig für das Primitive. Er findet, Jessikas Stimme klänge so, wie wenn in der fahlen Dämmerung tief im Osten die Morgenröte aufginge. Jessikas Stimme finde ich auch fein, auf mich wirkt sie wie ein Harfenton; sonst habe ich mir nie viel aus Gesang gemacht, bei der Sinfonie fängt doch die Musik eigentlich erst an. Bilde Du Dir aber ja nicht ein, Du wärest ein Übermensch, weil Du unmusikalisch bist. Bei Dir ist es ein Vakuum. Welja

KATJA AN TATJANA

Kremskoje, 17. Mai

Liebe Tante! Jessika hat vergessen, Dich zu bitten, daß Du uns die Partitur von ›Tristan und Isolde‹ besorgst oder besorgen läßt. Papa ist dagegen, er meint, man könnte Noten auch leihen! Gibt es das überhaupt? Ach, erkundige Dich nur gar nicht, Bücher aus Leihbibliotheken beziehen ist unfein, und Noten sind auch Bücher, also. Im Grunde ärgert sich Papa nur, daß wir uns mit Wagner beschäftigen wollen, er ist nun einmal einseitig. Nicht mal kennenlernen will er ihn, sondern ist von vornherein entschlossen, ihn gräßlich zu finden. Ja, hätte Wagner vor ein paar hundert Jahren gelebt und Kirchenmusik gemacht wie Palestrina – ach so, das klingt dumm, aber ich habe es nun einmal geschrieben, und Du verstehst mich auch schon. Natürlich sind Beethovens Lieder an seine ferne Geliebte schön, die Papa immer singt, aber unsre Zeit und unser Leben drückt das doch nicht aus. Jedenfalls, Tante Tatjana, Du schickst uns ›Tristan und Isolde‹, nicht wahr? Bitte recht bald, Peter kann es ja besorgen.

Deine Katja

LJU AN KONSTANTIN

Kremskoje, 20. Mai

Lieber Konstantin! Dein Brief hat mich zu einer Unvorsichtigkeit veranlaßt; aber der wäre ein schlechter Feldherr, der nicht einen falschen Zug wieder einbringen oder sogar verwerten könnte. Das Gerücht, daß der Studentenprozeß sofort vorgenommen würde und der Gouverneur infolgedessen sofort nach Petersburg zurückginge, muß unbegründet sein; denn er selbst würde es doch am ersten wissen und gleichzeitig auch ich. Trotzdem erwog ich gestern die Möglichkeit und bereitete mich darauf vor, schnell und plötzlich handeln zu müssen. Ich sagte mir, bei Tage würde ich nicht leicht eine Gelegenheit finden, besonders keine für mich günstige. Nachts könnte ich ihn und seine Frau, denn sie schlafen zusammen, mit Äther betäuben, ihn durch einen Stich ins Herz töten und mich ungesehen wieder zu Bett legen. Kein besonderes Verdachtsmoment würde auf mich hinweisen; bei Tage hingegen könnte sich kaum jemand an den Gouverneur herandrängen, ohne daß irgendwer, namentlich ohne daß ich es bemerkte. Am Tage können unzählige unvorhergesehene Störungen dazwischenkommen; nachts liegen bestimmte, übersichtliche Umstände vor. Die Ausführbarkeit des Planes hängt wesentlich von dem mehr oder weniger leisen Schlafe des Gouverneurs und seiner Frau ab; ich beschloß, mir sofort Gewißheit über die Frage zu verschaffen. Ich warf einen Mantel über und schlich mich nach ihrem Schlafzimmer, das durch ein Ankleidezimmer mit angrenzendem Bade- und Garderoberaum von meinem getrennt ist. Kaum hatte ich den Fuß über die Schwelle gesetzt, als ich Frau von Rasimkara auf mich zustürzen sah. Ich will Dir gestehen, daß ich in diesem Augenblick fast die Besinnung verloren hätte: die Frau so merkwürdig, so schön, so anders als am Tage vor mir zu sehen, es raubte mir den Atem. In ihrem Gesicht stand zugleich der Ausdruck des Entsetzens und der unbedenklichsten Entschlossenheit, der sofort, da sie mich erkannte, dem Gefühl der Erlösung, dem Erstaunen und, ich möchte sagen, dem Gefühl für das Komische der Lage Platz machte. Ja, für die Dauer eines Augenblicks dachte und empfand ich nichts, als wie hinreißend sie war; sie zog mich rasch in das Ankleidezimmer zurück und sagte flüsternd, ich hätte sie sehr erschreckt, sie hätte mich für einen Mörder gehalten, was geschehen wäre? Ob mir etwas fehlte, ob ich nachtwandelte? Ich sagte, sie möchte ganz ruhig sein, geschehen wäre nichts, ich wäre aufgewacht, hätte geglaubt, ein Geräusch zu hören, und hätte mich überzeugen wollen, ob bei ihnen alles ruhig und in Ordnung wäre; ich hätte das schon öfters getan, weil ich es als zu der von mir übernommenen Pflicht gehörig betrachtete, bisher hätte sie es aber nicht bemerkt. Ich setzte noch hinzu, sie würde vielleicht gut tun, ihrem Manne nichts von dem Vorfall zu sagen. Natürlich nicht, sagte sie, sie wäre froh, daß er nicht erwacht wäre; dann drückte sie mir die Hand, nickte mir zu und lächelte und ging in ihr Schlafzimmer zurück.

Dies war ein sehr gefährlicher Augenblick, und ich habe erst gegen Morgen wieder einschlafen können. Als sie vor mir stand und mich anlächelte, dachte ich, daß sie hinreißend sei, und gleichzeitig, daß ich sie würde töten müssen. Ich dachte es mit solcher Lebhaftigkeit, daß mir war, es schreie aus meinen Augen heraus: ich bin dein Mörder, weil ich sein Mörder bin. Du wirst immer an seiner Seite sein, dein Leib wird sich vor seinen werfen, wenn die Stunde da ist, darum mußt du mit ihm fallen. Das eigentümliche Lächeln, mit dem sie mich ansah, schien zu sagen: ich verstehe dich, es ist mein Schicksal, ich nehme es auf mich.

In gewisser Weise habe ich bei meinem unglücklichen Versuch etwas gewonnen. Ich weiß nun, daß der Gouverneur tief und fest schläft. Ihr habe ich die Meinung eingeflößt, daß ich zum Schutze ihres Mannes zuweilen ihr Schlafzimmer betrete. Sähe sie mich eintreten, mich über sie beugen, sie würde bis zum letzten Augenblick keinen Verdacht schöpfen, mich nur mit großen Augen erwartungsvoll ansehen. Anderseits habe ich erfahren, daß mir diese Art der Ausführung widerstrebt. Ich würde nur im äußersten Notfall dazu schreiten. Ein andrer Weg wird sich finden lassen, der mir mehr zusagt. Sei Du jedenfalls ohne Sorge: es mag sein, daß ich unüberlegt gehandelt habe, aber ich habe auch die etwaigen schlimmen Folgen im Keim erstickt. Lju

WELJA AN PETER

Kremskoje, 20. Mai

Lieber Peter! Heute habe ich das Gefühl, in einem Irrenhaus zu sein. Mama hat diese Nacht irgend etwas gehört, was nachher gar nichts war; aber trotzdem sich alles als Einbildung entpuppt hat, sieht sie verweint aus und fährt bei jedem Geräusch zusammen. Papa hat Furoranfälle, die wir als Nervosität respektieren sollen. Vorhin klingelte er Mariuschka her, weil sie in der Garderobe das elektrische Licht habe brennen lassen. Er machte solchen Krakeel, daß ich es im Garten hörte, und stellte sich ungefähr so an, als ob dies elektrische Flämmchen das Verderben auf unsre ganze Familie herunterziehen müßte. Nachher stellte sich heraus, daß er selbst es angezündet und auszumachen vergessen hatte. Katja erhob nun ihrerseits ein Geschrei: es wäre empörend von Papa, das ganze Haus schwämme in Tränen seinetwegen, die Dienstleute könnten unmöglich Respekt vor ihm haben, wenn er sich so benähme; und dazwischen rief sie mich an, ob ich es nicht auch fände. Ich sagte: »Vater, wie du willst.« Da wendete sich plötzlich ihre Entrüstung gegen mich, worüber wir dann glücklich alle ins Lachen kamen. Papa sagte, nun müßte er sich wohl bei Mariuschka entschuldigen, weil er ihr unrecht getan hätte, und begab sich zu diesem Zweck ins Leutezimmer. Wir wollten gern mitgehen, um der Szene beizuwohnen, aber Mama verbot es als unschicklich. Ich fand die Geschichte von vornherein nur komisch und verstehe nicht, wie Katja sich ärgern kann.

KATJA AN PETER

Natürlich ärgere ich mich, Welja kann eben nichts ernst nehmen, weil er zu faul ist. Es ist doch empörend, daß ein Mann wie Papa, der sich selbst gar nicht beherrschen kann, die Universität schließt, weil die Studenten ihre Rechte verteidigen. Es ist empörend, daß ein Mann solche Macht hat, die Tatsache allein verdammt unsre Zustände. Sieh doch zu, ob sich nicht Lehrer finden, uns und allen, die teilnehmen wollen, Privatkurse zu halten. Es könnte ja bei Dir zu Hause sein, das kann man doch nicht verbieten. Ich finde, daß man sich so etwas nicht gefallen lassen soll. Mir ist es ganz gleichgültig, ob ich ein paar Jahre früher oder später fertig werde, aber es soll doch wenigstens von mir abhängen. Und wenn das nicht geht, möchte ich fort, ins Ausland. Es ist mir unleidlich, in Rußland leben zu müssen. Von Welja habe ich gar nichts; er ist zu dusselig, was ich auch sage und vorschlage, ihm ist alles gleich. Natürlich, wenn man muß, muß man, aber erst versucht man doch, ob es nicht anders geht. Katja

LUSINJA AN TATJANA

24. Mai

Du Liebe! Die Kinder haben Dir geschrieben, daß wir wieder sehr nervös sind? Wenn Du mich nicht verraten willst, will ich Dir sagen, wovon es bei mir gekommen ist. Du weißt, ich bin ängstlich und schreckhaft, und Du weißt auch, daß ich leider sehr ernsten Anlaß dazu habe. Ich gebe zu, daß ich es auch ohne das wäre, das ändert aber nichts daran, daß der Anlaß da ist. Nun also, neulich nachts wache ich auf und sehe einen Mann auf der Schwelle unsres Schlafzimmers stehen. Natürlich denke ich, daß er Jegor töten will, und stürze blindlings auf ihn zu, um Jegor zu schützen – wie, darüber nachzudenken hatte ich keine Zeit. Es war nur ein Augenblick, dann erkannte ich Lju. Ja, es war Lju. Das plötzliche Aufhören der Angst und des Schreckens wirkte so befreiend auf mich, daß ich beinahe lachen mußte;

ich hätte ihn umarmen können. Aber nachher, als ich wieder im Bett lag, machten sich die Folgen der heftigen Nervenerregung geltend, ich mußte nun weinen und konnte gar nicht mehr aufhören. Es kam ein Unbehagen über mich, das viel peinlicher war als die Furcht, die ich vorher gehabt hatte; es war mir nämlich so unheimlich, daß Lju nachtwandelt. Anders kann ich mir das Vorgefallene doch nicht erklären, als daß er somnambul ist. Er selbst hat mir eine andre Erklärung gegeben; er betrachte es als zu seiner Pflicht gehörig, sich zuweilen zu überzeugen, ob bei uns alles in Ordnung sei, und er sei schon öfters in unserm Schlafzimmer gewesen, besonders wenn er ein Geräusch zu hören geglaubt hätte. Das klingt ganz plausibel, und Du wirst vielleicht sagen, es müßte etwas Beruhigendes für mich haben, zu wissen, daß er so treu über uns wacht. Vorher würde ich das auch gedacht haben; aber ich sehe nun, daß die Vorstellung von einer Tatsache ganz etwas anders ist als die Tatsache selbst. Es ist mir nichts Beruhigendes, sondern etwas im höchsten Grade Unheimliches, daß ein Mensch plötzlich nachts in unserm Zimmer stehen kann, sei es nun, weil er nachtwandelt, oder aus andern Gründen. Ich kann nicht mehr schlafen, weil ich immer denke, plötzlich steht er da und sieht mich aus diesen seltsamen grauen Augen an, die alle Körper zu durchdringen scheinen. Wenn ich eben eingeschlafen bin, schrecke ich entsetzt wieder auf. Der Einfall ist mir gekommen, er könnte durch das offene Fenster hereinsteigen; Du weißt doch, daß Nachtwandler überall, selbst auf der Kante des Daches gehen können. Und das zu denken, ist mir unheimlich, ich kann nicht dagegen an. Ich möchte gern das Fenster schließen, aber Jegor will es nicht; er sagt, es wäre Unsinn, und ich müßte solche krankhafte Einbildungen unterdrücken. Schlangen könnten wohl an einer glatten Hausmauer hinaufkriechen, Nachtwandler nicht. Was meinst Du? Ich habe einmal gelesen, für Nachtwandler wäre das Gesetz der Schwere aufgehoben; Gott weiß es. Unglücklicherweise habe ich Jegor, der nicht aufgewacht war und nichts gehört hatte, alles erzählt. Er ist gut, aber meine Furchtsamkeit macht ihn ein wenig ungeduldig, weil er sie aus sich selbst nicht nachempfinden kann. Und dann allerdings machen ihn auch die Verhältnisse nervös, die eine gewisse Vorsicht vernünftigerweise doch nötig machen, die er seinem Temperament nach so ungern beobachten möchte.

Die Kinder wissen von dem Vorfall nichts, denn ich möchte nicht, daß darüber bei Tisch gesprochen wird. Es scheint mir auch rücksichtsvoller gegen Lju zu sein, dem wir so viel verdanken; wenn sich das Gerücht verbreitete, er wäre Nachtwandler, würde es ihm bei den Leuten schaden. Und daß er nachts in unser Zimmer kommt, um uns zu bewachen, soll auch nicht bekanntwerden.

Katja, mein Goldkind, ist ein unverbesserlicher kleiner Teufel. Sie schilt bei jeder Gelegenheit über die Schließung der Universität, obwohl sie weiß, daß jetzt die politischen und geschäftlichen Dinge nicht berührt werden sollen, weil es Jegor aufregt. Mich wundert, ob Dein Peter einmal mit ihr fertig wird, es spricht für seinen Charakter, daß er es sich zutraut. Von Dir, Liebste, hat er nichts; er schlägt ganz Deinem Manne nach, und der hat ja sogar Dir zu imponieren verstanden, nicht wahr? Ach, meine Kleine ist noch zu kindisch, als daß ihr irgend etwas auf der Welt imponieren könnte. Ich wollte, es gelänge ihm, ihr Herz zu gewinnen, wäre es nur, damit sie Dich zur Schwiegermutter bekäme. Aber auch Dein Sohn würde ihr guttun mit seiner Stämmigkeit und Wurzelfestigkeit. Jessika blüht, die Landluft tut ihr gut, sie ist unsre Hebe mit den Rosenwangen. Mich wird das kleine nächtliche Intermezzo auch nicht lange stören, hoffe ich. Sei gegrüßt und geküßt von Deiner Lusinja

JESSIKA AN TATJANA

Kremskoje, 25. Mai

Liebste Tante! Es ist sehr gut, daß ich hiergeblieben bin. Mama hat jetzt gerade eine Zeit, wo sie sich um nichts bekümmert als um ihren Jegor, unsern Vater. Und ein Geist muß doch über dem Haushalt schweben. In ein paar Tagen kommt unser Automobil, denke Dir, Tante. Mama schlug im letzten Augenblick vor, wir wollten lieber doch keins haben, weil es gefährlich wäre, und das gab der Sache gerade den letzten kleinen Stoß, den es noch brauchte, um Papa

zum Entschluß zu bringen. Denn nun sagte er, auf Mamas Ängstlichkeit dürfe keine Rücksicht genommen werden; sie müßte endlich einmal erzogen werden, sonst würde sie schließlich zu alt dazu. Einen Chauffeur will Papa nicht haben, das verteuerte die Geschichte, und er möchte keine fremden Leute ins Haus nehmen; unser Iwan soll sich dazu ausbilden. Welja sagte: »Väterchen fährt ja schon mit der Kutsche in den Graben, wohin wird er erst mit dem Automobil fallen!« Papa sagte, Welja sollte nicht übertreiben, Iwan wäre auch oft ganz nüchtern. Mama sagte mit einem Seufzer, hoffentlich wäre er es gerade dann, wenn wir ausfahren wollten. Ich schlug vor, wir wollten nur selten fahren, dann träfen wir gewiß gerade mit den oftmaligen Nüchternheiten Iwans zusammen. Das leuchtete Mama sehr ein, aber Katja schmetterte los, dazu hätte man kein Automobil, sie wolle alle Tage fahren und so weiter. Zum Glück sprang Lju ein und sagt', er wäre Dilettant im Automobilfahren und wollte sich noch mehr ausbilden, dann könnte er Iwan zuweilen ersetzen. Welja sagte nachher, als Papa nicht dabei war: »Papa wird doch lieber mit Iwan fahren, weil er denkt, daß die Betrunkenen in Gottes Hand sind.« Das ist doch ein Sprichwort, weißt Du.
Von unserm Iwan muß ich Dir noch etwas erzählen. Welja sagte gestern mittag, er hätte ihn gefragt, was er von Lju hielte, eigens weil er gemerkt hätte, daß er ihn nicht leiden möchte. Iwan hätte Ausflüchte gemacht und nicht mit der Sprache herausgewollt.

Welja hätte gesagt, Lju wäre doch freundlich, gerecht, hilfsbereit, gescheit, geschickt, was Iwan alles zugegeben hätte. Endlich hätte Iwan dann gesagt: »Er ist mir zu gebildet.« Darauf hätte Welja gesagt, Papa wäre doch auch gebildet; da hätte Iwan ganz listige Augen gemacht und den Kopf geschüttelt und gesagt: »Das stellt sich äußerlich wohl so vor, aber im Grunde ist er nur ein guter Kerl wie unsereiner.« Wir haben alle sehr gelacht, Lju am meisten, er war geradezu begeistert über die Bemerkung und sah allen erdenklichen Tiefsinn darin. Ob jemand ihn leiden mag oder nicht, danach fragt Lju gar nicht, das finde ich groß an ihm.
Liebe Tante, ich singe Tristan, Isolde, Brangäne, König Marke und noch ein paar Heldenkräfte. Kannst Du Dir mich vorstellen? Papa hat nur einen unwilligen Seitenblick auf die Partitur geworfen, und ich singe natürlich nur, wenn er außer Hörweite ist.

Deine Jessika

LJU AN KONSTANTIN

Kremskoje, 27. Mai

Lieber Konstantin! Du meinst, daß ich vielleicht mittels des Automobils zum Ziele kommen könnte. Ja, wenn es sich so einrichten ließe, daß der Gouverneur das Genick bräche und ich das Handgelenk! Weißt Du, wie man das macht? Durch den Kopf gegangen ist mir der Gedanke natürlich, sowie von dem Automobil die Rede war, und ich habe im

Hinblick darauf die Anschaffung befürwortet, habe mich auch anerboten, zuweilen den Chauffeur zu machen, was mit Beifall aufgenommen wurde. Es hat aber außer der erwähnten Schwierigkeit das gegen sich, daß ich mit dem Einüben viel Zeit verlieren müßte, wahrscheinlich ohne Erfolg und sicher ganz ohne Vergnügen für mich. Ich bin kein Sportsmann. Zeit und Aufmerksamkeit lasse ich mir solche Dinge nicht gern in hohem Maße kosten. Für die Luftschiffahrt würde ich mich etwa interessieren; aber das ist Arbeit und Tat, nicht Sport, und hat allerlei wissenschaftliche Haupt- und Nebenzwecke. Ein wenig werde ich mich aber doch mit dem Automobil befassen; es könnte auch der Fall eintreten, daß ich es zur schleunigen Flucht benutzen müßte.

Ein andrer Einfall ist mir gekommen, von dem ich fühle, daß er ergiebig sein wird. Ich möchte womöglich bei dem Akt selbst nicht persönlich beteiligt sein; es müßte also eine Maschine meine Rolle spielen. Nun schwebt mir vor, daß dies eine Schreibmaschine sein könnte. Das Nähere sage ich Dir, wenn der Plan etwas reifer in mir ist. Dann könnte es wohl sein, daß ich Deiner verständnisvollen Mithilfe bedürfte, damit die Maschine zweckentsprechend eingerichtet wird, ohne daß der Fabrikant etwas davon erfährt.

Frau von Rasimkara ist seit jener Nacht verändert, blaß und beinahe etwas scheu, beständig in der Nähe ihres Mannes. Es ließe sich so erklären, daß mein Benehmen ihre Ängstlichkeit verdoppelt hat, weil sie den Schluß daraus ziehen mußte, ich hielte ihren Mann für sehr gefährdet. Vielleicht schläft sie seitdem nicht mehr gut. Vorher hatte meine Sicherheit und Sorglosigkeit beruhigend auf sie eingewirkt. Eine gewisse Zurückhaltung, die sie mir gegenüber weniger zeigt, als wider ihren Willen verrät, könnte darin begründet sein, daß die Erinnerung an unser nächtliches Begegnen, das so seltsam, so flüchtig und doch so eindrucksvoll war und das niemand außer uns weiß, sie verlegen macht oder wenigstens in irgendeiner Hinsicht bewegt. Verdacht gegen mich hat sie nicht, dessen bin ich sicher; sie behandelt mich im Gegenteil mit vermehrter Freundlichkeit und Rücksicht. Da sie jetzt fast immer um ihren Mann ist, bin ich mehr in die Gesellschaft der Kinder gedrängt, deren Vertrauter und teuerster Freund ich geworden bin.

Du darfst Dich in der nächsten Zeit nicht von Petersburg entfernen, da ich Deiner wegen der Schreibmaschine bedürfen könnte. Lju

WELJA AN PETER

Kremskoje, 28. Mai

Lieber Peter! Heute hätte es beinahe eine Familienkatastrophe gegeben, bei der ich natürlich nicht aktiv war. Katja fing bei Tisch von den Universitätsgeschichten an; ihr könne es ja gleichgültig sein, denn sie braucht ihren Lebensunterhalt nicht zu verdienen, für die meisten wäre es aber verhängnisvoll, daß sie ihr Studium auf unbestimmte Zeit unterbrechen müßten. Papa sagte, noch verhältnismäßig ruhig und beherrscht, allerdings wäre das ein Unglück für viele; um so härter wären diejenigen zu verurteilen, die durch ihr aufrührerisches Tun mutwillig das Unglück über ihre Kollegen gebracht hätten. Jetzt aber sauste Katja los! Wie ein künstlicher Wasserfall, den man plötzlich springen läßt! Das wäre die Art ungerechter Despoten, die Opfer noch zu verleumden und die eigne Schuld auf sie abzuladen! Demodow und die andern wären Märtyrer, hinrichten und nach Sibirien schicken könnte man sie, nicht aber ihnen den Ruhm rauben, daß sie tapfer und selbstlos gehandelt hätten. Übrigens hätten fast alle ebenso wie sie gedacht, Du zum Beispiel hättest auch die Absicht gehabt, den Kosaken Widerstand zu leisten, Du wärest nur durch einen Zufall auf dem Wege zur Universität aufgehalten, sonst könnte Papa Dich auch in die Bergwerke schicken. Mama gelang es endlich, sie zu unterbrechen, indem sie sagte, das würde Papa allerdings tun, wenn er es für seine Pflicht hielte, denn daran zweifle sie doch wohl nicht, daß Papa sich von seiner Pflicht leiten ließe, folglich dürfe sie auch seine Handlungen nicht kritisieren. Ich sagte: »Mit deinem Spatzengehirn im Kopfe würde er natürlich anders handeln«, worauf sie mir einen vernichtenden Blick zuwarf. Papa war ganz bleich, und seine Augenbrauen sahen wie ein zackiger schwarzer Blitz aus, furchtbar stimmungsvoll; wenn es sich nicht um Katja gehandelt hätte, wäre ein Unwetter losgebrochen, das den ganzen Tisch und alle Stühle fortgeschwemmt hätte; so hielt er einigermaßen an sich. Und dann hebt Ljus Gegenwart eigentlich jede Katastrophe auf, seine überlegene Ruhe zerstreut gewissermaßen alle angesammelte Elektrizität, oder er hat so viel Kraft, daß er sie in sich sammeln und unschädlich machen kann. Er saß kühl wie Talleyrand dabei und bewies, daß jeder recht hätte, so daß alle schweigen und zufrieden sein mußten. Er sagte, selbstverständlich schließe die Maßregel der Universitätsschließung Ungerechtigkeiten ein, deshalb könnte sie aber vollständig gerecht sein innerhalb des Systems, zu dem sie gehöre. Er billige dies System nicht durchaus, er glaube, daß es sich überlebt habe, aber solange es herrsche, müsse man mit seinen Gesetzen arbeiten. Papa sah Lju interessiert und etwas erstaunt an und fragte, wie das zu verstehen sei, daß er das System nicht billige. Keine Regierung sei fehlerlos, weil die menschliche Natur überhaupt fehlerhaft sei. Seiner Meinung nach sei es besser, dahin zu wirken, daß jeder seine Pflicht tue, anstatt die Irrtümer des Systems aufzudecken. Lju sagte, ohne den Grundsatz, daß jeder einzelne seine Pflicht zu erfüllen habe, könne kein gesellschaftliches System sich halten. Er glaube, das herrschende System habe den Fehler, das Pflichtgefühl nicht auszubilden, weil es lauter Gesetze und Vorschriften an dessen Stelle gesetzt habe. Dies sei für eine primitive Kultur berechtigt, jetzt aber sei das Volk keine Herde mehr, sondern bestehe aus Individuen. Kein Kunstverständiger werde die byzantinische Malerei mit ihren starren Formen nicht bewundern; man könne vielleicht sogar glauben und wünschen, daß man einmal auf irgendwelchen Umwegen dahin zurückkehre; aber verständigerweise könne man doch nicht die Entwicklung auf jene Stufe zurückdrehen wollen.

Er sprach so liebenswürdig, galant und beinahe herzlich gegen Papa, daß er ganz angeregt wurde und lebhaft auf alles einging; ich glaube, er hatte das Gefühl, vollkommen einer Meinung mit Lju zu sein.

Bei Tisch waren also die Fugen wieder eingerenkt; aber hernach ergoß sich Katjas zurückgehaltener Zorn gegen Lju. Er hätte sich verächtlich benommen, er hätte zu ihr halten müssen, denn er dächte ebenso wie sie. Was er gesagt hätte, möchte ganz schön sein, sie hätte es nicht verstanden, wolle es auch nicht verstehen, es wäre doch nur eine Brühe gewesen, um seine wahren Ansichten zu verkleistern. Von mir erwartete sie ja nichts andres, als daß ich falsch und feig wäre, aber ihn hätte sie für stolzer gehalten. Sie war zu niedlich, wie ein kleiner Vogel, der gereizt wird und sein Federschöpfchen sträubt, mit dem Schnabel um sich pickt und in den höchsten Tönen lospiepst. Lju fand sie offenbar auch niedlich, denn er ging sehr liebevoll auf ihren Kohl ein. Ich ging mitten darin fort, weil meine Dorfschönheit auf mich wartete.

Ich habe Papa eine Auswahl von den feinsten Süßigkeiten mitgebracht, die der Türke hat. Er fand sie ausgezeichnet und sagte, er hätte sich gleich gedacht, daß ich einen bestimmten Grund hätte, immer ins Dorf zu radeln. Er aß übrigens mehr davon als ich und wurde nicht einmal übel; er ist eigentlich ein großartiger Mensch, ich bin dekadent gegen ihn. Mit Lju kann er sich allerdings nicht vergleichen; er ist wie ein schöner Dolch mit kunstvollem Griff und einer mit Edelsteinen buntgeschmückten Scheide, wie sie zuweilen in Museen ausgestellt sind; Lju ist wie der schlichte Bogen des Apollo, der nie fehlende Pfeile entsendet. Schmucklos, schlank, elastisch, durch die vollendete Zweckmäßigkeit schön, ein Bild göttlicher Kraft, Treffsicherheit und Gewissenlosigkeit. Ach Gott, ich schreibe ja an ein silurisches Faultier und nicht an einen feinwitternden Griechen. Quäle Dich nicht mit der Durchdringung meiner poetischen Bilder und triumphiere nicht, wenn sie hinken sollten; ein Achilles, der hinkt, kommt immer noch eher an als ein Brontosaurus, der im Sande steckenbleibt. Welja

KATJA AN PETER

Kremskoje, 30. Mai

Lieber Peter! Wir sind nicht verlobt, ich habe Dir sogar einmal gesagt, ich würde Dich niemals heiraten; aber ich weiß ja, daß Du noch daran denkst, darum will ich Dir etwas sagen. Ich habe jetzt den Mann kennengelernt, den ich heiraten werde, wenn ich überhaupt heirate. Den einzigen, den ich lieben kann. Frage nicht, wer er ist, frage überhaupt nicht weiter. Ich hätte Dir ja nichts davon zu sagen brauchen, ich tue es nur, weil ich Dich gern habe und Dich als meinen Freund betrachte und weil Du mich seit unsrer Kindheit als Deine zukünftige Frau angesehen hast. Dafür kann ich freilich nichts. Wissen darf dies niemand außer Dir. Katja

LUSINJA AN TATJANA

Kremskoje, 2. Juni

Meine liebe Tatjana! Auf unsern einzig schönen Sommer fällt von irgendwoher ein kleiner Schatten. Vielleicht eben weil er so schön ist, muß er das Abzeichen seiner Erdennatur tragen. Jetzt sorge ich mich besonders um Jessika; ich kann es mir nicht mehr verhehlen, daß sie den Lju liebt. Ohne daß sie es weiß, richtet sich ihr ganzes Wesen nach ihm: ich könnte sagen, sie ist eine Art Sonnenuhr, von der man immer ablesen kann, wo ihr Gestirn steht. Er hat auch etwas Sonnenhaftes; es ist, als ob eine lebenzeugende Kraft von ihm ausginge, in der freilich auch Leben verdorren kann. Auf Welja und Katja übt er einen heilsamen Einfluß aus; er regt sie zum Denken, zu gesteigerter geistiger Tätigkeit an; für meine kleine Jessika, fürchte ich, sind seine Strahlen zu heiß. Sie muß Wärme haben, darf aber nicht mitten im Feuer stehen. So erscheint es mir wenigstens. Zuweilen kommt es mir so vor, als ob nicht nur in ihr ein Neigen zu ihm wäre, sondern als ob auch ihn ein leises Anziehen zu ihr hinzöge. Ob er sie liebt? Ich kann nicht umhin, mit ihr in meiner Seele aufzujubeln, wenn ich es zu bemerken glaube, denn eine Mutter fühlt jeden Schmerz und jedes Glück mit ihrem Kinde. Wäre es aber überhaupt wünschbar? Würde es ein Glück für sie sein? Ljus Ansichten und, was wichtiger ist, seine ganze Auffassung des Lebens weicht sehr von Jegors und meiner ab, das fühle ich. Auch den Kindern steht er nach Erziehung und Lebensgewohnheiten ferner, als sie selbst es ahnen. Vielleicht ist er uns gegenüber im Rechte; aber verbürgt das die Möglichkeit dauernden Zusammenlebens? Und was würde Jegor sagen? Er hat nichts gegen Lju, er ist frei von gewöhnlichen Vorurteilen; aber er möchte unsre Mädchen mit Männern verheiraten, deren Lebensführung ihm vertraut ist, mit denen wir alle zu einer Familie verwachsen können. Und dann, Liebste, daß er nachtwandelt! Das ist beinahe das Schrecklichste für mich. Ach Gott, es ist ja so töricht, aber manchmal wünsche ich, Lju wäre niemals zu uns gekommen, oder er verließe uns wieder.

Nachmittags

Lju ist doch ein unheimlicher Mensch! Er hat Augen, die im Herzen lesen. Ich hatte eben den Satz geschrieben, als er kam und mir sagte, er fühle sich sehr wohl bei uns, er hätte auch das Gefühl, daß wir ihn gern hätten, aber er käme sich überflüssig vor und fände, daß es richtiger wäre, wenn er ginge; er möchte mit mir darüber sprechen. Er sprach so vertrauensvoll, so einfach, beinahe kindlich. Ich war ganz betroffen und sagte, meine Besorgnis um das Leben meines Mannes hätte sich allerdings allmählich gelegt; aber er wäre doch auch als Sekretär tätig, selbst schreiben könne mein Mann augenblicklich nicht – er leidet doch am Schreibkrampf –, und er würde sich nur ungern an einen andern Herrn gewöhnen, auch sicher keinen von seiner, Ljus, Bildung und seinen Kenntnissen finden. Er sagte, darüber hätte er schon nachgedacht, für meinen Mann würde gewiß das zweckmäßigste sein, wenn er sich an eine Schreibmaschine gewöhnte, dann wäre er von niemand abhängig, und er hätte doch so manche Korrespondenzen, die womöglich geheimbleiben sollten. Diesen Gedanken lobte ich sehr – ich finde ihn wirklich höchst vernünftig – und sagte, eine Schreibmaschine könnte sich ja Jegor anschaffen, es würde aber wohl eine gute Weile dauern, bis er damit umzugehen verstände, wenn er es überhaupt wollte, und auch sonst würde er dadurch doch nicht ganz ersetzt werden. Etwas andres wäre es natürlich, wenn er aus irgendeinem Grunde seinetwegen fortwollte. Darauf sagte er, wenn es im Leben auf Glücklichsein ankäme, würde er sein ganzes Streben darauf richten, immer bei uns bleiben zu können. Er hätte bei uns eine Art des Glückes kennengelernt, an die er vorher nicht geglaubt hätte; er hätte unauslöschliche Eindrücke empfangen. Aber er hielte es für die Bestimmung des Menschen oder wenigstens für seine, tätig zu sein, zu wirken, an großen Zielen zu bauen. Er wäre wie ein Pferd, das, wenn es ihm noch so wohl vor seiner Krippe voll Hafer wäre, der Trompete folgen müßte, die zur Schlacht riefe; er glaubte in der Ferne den Ruf der Trompete gehört zu haben. Ich fragte: »Haben Sie etwas Bestimmtes vor? Wollen Sie uns sofort verlassen?« Nein, sagte er, so wäre es nicht gemeint. Er hätte nur von mir bestätigt hören wollen, daß er überflüssig hier wäre, und ich wäre freimütig genug, ihm das zuzugestehen. Er würde sich nun überlegen, wohin er gehen wollte. Inzwischen könnte mein Mann sich eine Schreibmaschine kommen lassen und versuchen, ob er Geschmack daran fände.

Ja, siehst Du, Tatjana, nun bin ich betrübt, daß es so gekommen ist. Meine kleine Jessika! Weißt Du, was ich glaube? Es ist Jessikas wegen, daß er fortwill. Daß sie ihn liebt, muß er bemerkt haben; entweder er erwidert das Gefühl nicht, oder er will im Bewußtsein seiner Armut und seiner unselbständigen Lage nicht um sie anhalten und hält es für seine Pflicht, sie zu meiden. Das ist edel gehandelt und besonders fein die Art und Weise, wie er es ausführt. Er hat nichts angedeutet, nichts erschwert, alles geebnet. Er ist mir nie so liebenswert erschienen, und ich empfinde Schmerz für Jessika, trotzdem ist mir leichter zumute, nun ich sehe, daß der Konflikt

– wenn einer vorhanden ist – sich lösen läßt. Was für ein Schreibebrief! Hast Du Geduld bis zu Ende gehabt? Deine Schwägerin Lusinja

JESSIKA AN TATJANA

7. Juni

Geliebteste Tante! Du hast lange keine Nachricht von uns gehabt? Und ich habe das Gefühl, Dir erst gestern geschrieben zu haben, auf so leichten und schnellen Füßen laufen diese Sommertage. Und wenn man sogar noch ein Automobil davorspannt! Lju hat uns einmal spazierengefahren, aber nicht lange, weil er noch nicht sicher ist. Unser Iwan kann noch weniger als er, obwohl er täglich ein paar Stunden damit herumturnt. Papa möchte auch gern selbst lenken, Mama will es aber nicht, weil es die Nerven angreife, sie wüßte aufs bestimmteste, daß zwei Drittel aller Chauffeure durch Wahnsinn oder Selbstmord infolge von Nervenzerrüttung endeten. Papa versuchte zwar das Argument anzugreifen, aber wir schrien im Chore, er müßte sich für Staat und Familie erhalten, und einstweilen hat er nachgegeben. Er hat ja nun auch einen andern Sport, nämlich die Schreibmaschine.

Gestern abend nach dem Essen saßen wir in der Veranda. Es war so schön, wie es nirgends sonst als hier ist; über uns im Schwarz des Himmels schimmerten die feuchten Sterne und um uns her im Dunkel der Erde die bleichen Birken. Wir saßen still, und jedes träumte seine eignen Träume, bis Mama Lju fragte, weil er doch alles wisse, sollte er sagen, was für Schlangen es in dieser Gegend gäbe. Er nannte augenblicklich eine Reihe lateinischer Namen und sagte, es wären alles Ottern und Vipern, harmlose, ungiftige Geschöpfe. Ich dachte bei mir, ob es diese Namen wohl überhaupt gäbe, aber Mama hielt alles für Evangelium und war sehr angenehm davon berührt. Papa hätte nämlich neulich gesagt, erzählte sie, an der glatten Mauer eines Hauses könnte niemand hinaufkriechen außer Schlangen, und seitdem könnte sie die Vorstellung nicht mehr loswerden, wie der feste, glatte, klebrige Schlangenleib sich am Hause heraufzöge, und sie könnte oft nachts nicht davor einschlafen. Welja sagte, er begriffe nicht, wie man sich vor Schlangen fürchten könnte, er fände sie schön, anmutig, schillernd, geheimnisvoll, gefährlich und würde sich in keine Frau verlieben können, die nicht etwas von einer Schlange hätte. Katja sagte: »Du Kalb!«, und Lju sagte, ich hätte etwas von einer Schlange, nämlich das lautlos Gleitende und Mystische. Dann erzählte er ein südrussisches Märchen von einer Schlange, die sehr grausig war. Ein Zaubrer liebte eine Königstochter, die in einen hohen Turm eingesperrt war. Um Mitternacht kroch er als Schlange am Turm hinauf durch das Fenster in ihr Gemach, dort nahm er wieder seine Menschengestalt an, weckte sie und blieb in Liebe bei ihr bis zum Morgen. Einmal aber schlief die Königstochter nicht und wartete auf ihn; da sah sie plötzlich mitten im

Fenster im weißen Mondschein den schwarzen Kopf einer Schlange, flach und dreieckig auf steilem Halse, die sie ansah. Darüber erschrak sie so sehr, daß sie ohne einen Laut ins Bett zurückfiel und starb. Gerade in diesem Augenblick klingelte es heftig an der Gartentür, wo ein alter, verrosteter Klingelzug ist, der fast nie gebraucht wird und deswegen in Vergessenheit geraten ist. Wir wunderten uns alle, daß Mama nicht auch umfiel und tot war. Papa stand auf, um an die Gartentür zu gehen und zu sehen, was es gäbe; Mama sprang auch auf und sah Lju flehend an, damit er zuerst dem Mörder die Stirn böte, wenn einer da auf Papa wartete; und weil das Aufstehen und die ersten Schritte bei Papa immer etwas mühsam sind und Lju sehr schnell laufen kann, kam er zuerst an und empfing den Paketboten, der eine Kiste trug. Er sagte, es würde eigentlich nichts mehr ausgetragen, aber der Postmeister hätte gesagt, die Kiste sei aus Petersburg und enthalte vielleicht etwas Wichtiges, und weil es der Herr Gouverneur sei, für den der Postmeister eine besondere Verehrung habe, hätte er sie ihm doch noch zustellen wollen. Na, der Bote bekam ein Trinkgeld, und in der Kiste war die Schreibmaschine. Lju packte sie gleich aus und fing an zu schreiben, Papa wollte auch, konnte aber nichts, wir probierten alle, konnten es aber ebensowenig, nur ich – ungelogen – ein bißchen, und dann sahen wir zu, wie Lju schrieb. Nach einer Weile probierte Papa noch einmal, und wie Lju sagte, er hätte Talent, war er ganz zufrieden. Mama war gera-

dezu selig und sagte, sie hätte sogar die Schlange vergessen, so hübsch wäre die Schreibmaschine. Welja sagte: »Was wollt ihr denn eigentlich mit der Scharteke?« Und Katja sagte, wenn man doch schon einmal die Finger gebrauchen müßte, könnte man geradesogut schreiben, sie sähe den Zweck davon nicht ein; sie wurde aber überstimmt.
Bist Du nun au fait, einzige Tante? Nun sage ich Dir nur noch, daß die Rosen zu blühen anfangen, die Zentifolien und die gelben Kletterrosen, die so merkwürdig riechen, und die wilden Rosen auch, und daß die Erdbeeren reifen, ferner, daß Papa in der umgänglichsten Stimmung ist und neulich sogar gefragt hat, ob denn diesen Sommer gar kein Besuch käme!

Deine Jessika

LJU AN KONSTANTIN

Kremskoje, 9. Juni

Lieber Konstantin! Ja, Du bist mein Freund, das empfinde ich. Du ehrst und schätzest dasjenige in mir, was wir für das Höhere halten, und kennst und liebst doch auch das andere, den Urstrom des Ahnenblutes, dessen unfaßbare Verzweigungen überall eingreifen und mich leiden machen. Daß ich leide, will ich Dir nicht verhehlen, auch hast Du es längst bemerkt. Vielleicht habe ich noch nie so gelitten, aber daß es überwunden werden wird, weiß ich auch. Ich habe alle diese Menschen vom ersten Augenblick an, da ich in ihre Mitte trat, zu beherrschen gesucht, daraus folgt alles übrige; denn auch der Herrscher ist gebunden, nicht nur der Beherrschte. Was mir gelungen ist, ist ebenso verhängnisvoll für mich geworden wie das, woran ich scheiterte. Den Gouverneur kann ich vielleicht täuschen, aber ich habe keinen Einfluß auf ihn. Es kränkt ein wenig meine Eitelkeit, hauptsächlich beklage ich es aber wegen alles dessen, was daraus folgt. Der Mann übt einen Zauber aus, für den ich nicht unempfänglich bin, obwohl er von Kräften ausgeht, die ich nicht für die höchsten halte. Man sieht die Merkmale eines Geschlechtes an ihm, in welchem das Lebensfeuer stärker und schöner brannte als in den gemeinen Menschen. Er ist etwas in sich Vollendetes, wenn auch durchaus nicht vollendet überhaupt. Gerade seine Unzugänglichkeit gefällt mir; ich glaube, er ist im Kampfe des Lebens gewachsen, fester und härter geworden, aber er hat sich nicht erweitert, hat nichts Neues in sich aufgenommen. Das ist beschränkt, aber es verleiht eine gewisse Intensität. Verloren hat er auch nichts; er hat noch viel von der Torheit, von dem Eigensinn und der Innigkeit der Kindheit an sich, was der in der Regel nicht behält, der sich viel Neues und Fremdes aneignet. Sein Ich ist ganz, so saftreich und gesammelt und stolz, daß es einen schmerzt, daran zu tasten; und gerade weil es so ist, muß ich ihn zerstören. Einmal faßte ich die Hoffnung, ich könnte ihn gewinnen, könnte ihm andre Ansichten eröffnen. Ich schrieb Dir nichts davon, es lag mir allzusehr am Herzen, und ich ahnte schon, daß es vergebens sein würde. Mein Gott, dieser Mann, diese heiße, blinde Sonne! Ich rolle wie ein Komet neben ihm her, und er ahnt nicht, daß der Augenblick, wo unsre Bahnen zusammenstoßen, ihn in Stücke reißen wird! Von den Kindern laß mich schweigen. Besser, viel besser wäre es gewesen, ich hätte auf den Vater so gewirkt wie auf sie. Das klingt albern; es ist ja natürlich, daß die Jugend leichter zu beeinflussen und zu beherrschen ist als das Alter; aber hätte nicht einmal, durch Zufall oder Wunder, das Umgekehrte stattfinden können? Da es nicht der Fall ist, versuche ich daran zu denken, daß ich keine Wahl habe, daß ich tun muß, was ich für notwendig erkannt habe, daß die Heilkraft der Jugend überschwenglich ist, daß es diesen spielenden Kindern vielleicht nützlich ist, vom Schicksal aufgerüttelt zu werden. Ach Gott, was heißt nützlich? Sie waren so wundervoll in ihrem Traumleben! Freilich, einmal muß es doch enden. Kinder mit Runzeln und gebeugten Rücken sind Zerrbilder, und beizeiten muß die Umbildung beginnen. Vielleicht kann sogar ich selbst ihnen bei der Veränderung hilfreich zur Seite stehen. Was ein Mensch wollen kann, ist möglich; nur zum Wollen gehört Kühnheit.

So werde ich Dir nun nicht wieder schreiben. Auch rechne ich darauf, daß Du mich nicht mißverstehst. Zweifel ist nicht in mir. Antworte mir auch nicht auf alles dies! Trösten kann mich niemand, und daß Du mich verstehst, weiß ich.

Lju

Kremskoje, 11. Juni

Lieber Peter! Sei morgen oder übermorgen zu Hause, wenn Du einen historischen Augenblick erleben willst. Unser treuer Iwan ist mit dem Automobil in den Graben gefallen, was von ihm auf die Tücke des Vehikels, von uns auf die des Branntweins geschoben wird. Da er nebst Automobil mehrere Stunden im Graben gelegen hat, war er ziemlich nüchtern, als er heimkam, und die Streitfrage ist nicht mehr zu entscheiden. Das Automobil hat mehr gelitten als er, es sieht aus wie eine Schildkröte ohne Schale; laufen kann es aber. Mama war ganz zufrieden mit dem Ergebnis und fand, wir möchten es so lassen, bis Iwan ganz erprobt wäre, damit er uns nicht auch noch in den Graben führe. Papa hingegen sagte, in diesem Zustande könnte er das Automobil nicht auf die Straße lassen, auch wenn niemand als Iwan darinsäße, das würde seinem Ansehen schaden, es wäre geradeso, als ob seine Töchter mit durchlöcherten Kleidern ausgingen. Hierdurch überzeugt, beschlossen wir, daß das Automobil repariert werden müsse, und Lju hat sich erboten, das Wrack in die Stadt zu fahren und das Nötige zu veranlassen. Jessika will gern mitfahren, aber Lju will es nicht, weil es bei dem schadhaften Zustande nicht sicher wäre. Seitdem geht sie mit einem wehleidigen Gesicht herum; denn sie ist natürlich in Lju verliebt. ›Natürlich‹ sage ich, weil in einen Mann wie Lju, dessen Willenskraft jedes Atom seiner Materie

durchdringt, sich alle verlieben müssen. Mir ist eigentlich alles einerlei; sogar wenn ich verliebt bin, ist es mir im allertiefsten Grunde einerlei, ob ich sie habe oder nicht.
Auch das hat einen gewissen Reiz für manche Frauen; aber das wahrhaft Unwiderstehliche ist der Wille. Niemand kann dagegen an, es ist die Schwerkraft der Seele. Lju hat in bezug auf alles einen bestimmten Willen. Ich hielte eine solche Lebensweise nicht ein Jahr lang aus, und er treibt es schon achtundzwanzig Jahre so und wird wahrscheinlich sehr alt werden. Ob er sich für einzelne Frauen auf die Dauer interessieren kann, bezweifle ich; die Vielweiberei müßte für ihn eingeführt werden. Er würde sich nicht viel um sie bekümmern, aber an einem Satz, den er mal im Vorbeigehen fallen ließe, würden sie wochenlang saugen und damit zufrieden sein. Also er wird Deiner Mutter einen Besuch machen, sieh Dir ihn an! Welja

LJU AN KONSTANTIN

Kremskoje, 11. Juni

Lieber Konstantin! Ich komme morgen oder übermorgen nach Petersburg und rechne darauf, Dich zu treffen. Es handelt sich um die Einrichtung der Schreibmaschine, worüber ich am liebsten mündlich mit Dir verhandeln will; sie kann explosiv wirken oder mit einem Revolverschuß geladen werden. Im letzteren Falle würden wir aber nicht sicher sein, ob die Kugel ihr Ziel träfe. Ich werde sie demnächst unter dem Vorwande einer Reparatur an die Fabrik schicken, wo sie gekauft worden ist. Sie muß dort hingehen und von dort zurückexpediert werden, damit bei einer späteren Untersuchung keine Spur zu mir führt. Deine Sorge muß es sein, daß sie nicht abgeht, ohne zu unserm Gebrauch eingerichtet zu sein; also wirst Du über einen Angestellten der Fabrik oder über einen Angestellten der Bahn verfügen müssen. Es eilt nicht, Du kannst Deine Vorkehrungen mit ruhiger Überlegung treffen. Lju

JESSIKA AN TATJANA

Kremskoje, 12. Juni

Geliebteste Tante! Ich wollte Dich gern besuchen, aber ich soll nicht! Ich wäre so gern mit dem zerfetzten Automobil bei Dir vorgefahren, gerade weil es so schrecklich kaputt ist. Denke Dir, ich hätte mich so hübsch wie möglich gemacht und wäre aus dem zersplitterten Kasten herausgestiegen wie eine Dryade aus einem hohlen Baumstamme. Und vor allen Dingen, ich hätte Dich gesehen, ich hätte meinen Charakter an der schweren Aufgabe gestählt, Deine blühenden Wangen, Deine mit dem Schmelz ewiger Jugend gepuderte Haut neidlos zu bewundern. Meine Wangen sind, fürchte ich, augenblicklich blaß und tränennaß, so enttäuscht bin ich, daß ich nicht mitfahren kann.

Wir werden nun ohne Beschützer sein, Tante. Ich

habe vorgeschlagen, wir drei könnten Tag und Nacht Fangen ums Haus spielen, dann könnte sich gewiß niemand ungesehen ins Haus einschleichen. Der gute Welja war auch bereit dazu, aber Katja nicht; sie sagte, sie wäre doch kein Kind mehr! Lju bringt Dir diesen Brief. Laß Du Dich unterdessen von ihm beschützen, wenn Du es auch nicht nötig hast.

Deine Jessika

WELJA AN PETER

Kremskoje, 14. Juni

Wenn ich nicht sehr tätig bin, kommt es im Grunde daher, daß meine Familie immer zur Betrachtung einlädt. Durch Anpassung an die bewegten Verhältnisse hat sich mein beschauliches Temperament herausgebildet; wenn ich auch noch mitagierte, würde es zu toll. Heute ist wieder der Teufel los. Ich saß, noch erschöpft von gestern – denn seit Lju fort ist, muß ich immer bis Mitternacht auf der Lauer liegen, weil Mama Gefahren wittert –, also ich saß in der Bibliothek und blätterte in einem Buche, als Katja wie ein wirbelnder Federball herein und ans Telephon gestürzt kam. Damit Dein Gehirn nicht ebenso erschüttert wird, wie meins bei dieser Gelegenheit wurde, will ich Dir zur Erklärung voranschicken, daß Katja soeben Jessika dabei betroffen hatte, daß sie einen Brief an Lju schrieb, und daß Jessika, von Katja zur Rede gestellt, damit herausgeplatzt war, sie liebte Lju und wäre so gut wie verlobt mit ihm. Ich

mußte dies schließen und erraten, was ich Deinem Walfischschädel nicht zumuten will.
Also Katja verbindet sich mit Petersburg. Ich frage, mit wem sie reden will. Mit Lju, obgleich mich das nichts anginge. Ich sage: »Du kannst doch wohl so lange warten, bis er wieder hier ist, so wichtig wird es nicht sein.« Sie: »Kannst Du das beurteilen? Hier werde ich überhaupt nicht mehr mit ihm sprechen und bedaure, es jemals getan zu haben.« Ich: »Alle Heiligen!« In dem Augenblicke klingelte das Telephon, Katja ergreift es. »Sind Sie da? Quak, quak, quak . . . Ich will Ihnen nur sagen, daß ich Sie verachte! Quak, quak . . . Sie sind ein Heuchler, eine Qualle, ein Judas! Quak, quak, quak, quak. Bitte, leugnen Sie nicht! Sie haben die Stirn, sich zu verteidigen? Sie haben mich genug belogen! Ich werde Jessika aufklären. Für einen solchen Elenden ist sie trotz ihrer Schwachheit zu gut. Quak, quak, quak, quak, quak . . . Sie halten mich für dümmer, als ich bin. Sie glauben, Sie allein wären klug, und alle andern wären schwachsinnig, aber vielleicht ist es umgekehrt!«
Dies alles trompetete Katja mit so gellender Stimme, daß Papa und Mama es hörten, glaubten, es wäre etwas passiert, und herbeigelaufen kamen. Beide hören erstaunt zu und fragen: »Was bedeutet das? Mit wem spricht sie denn?« Ich: »Ach, mit Lju, sie hat sich ein bißchen über ihn geärgert.« Katja am Telephon: »Ich du zu Ihnen sagen? Zu einem so abgefeimten, zweizüngigen Charakter, wie Sie sind? Nie-

mals!« Papa und Mama: »Aber um Gottes willen, was hat er denn getan?« Ich: »Ach, sie hat eine Karte von ihm bekommen mit der Adresse von Katinka von Rasimkara, und das betrachtet sie doch nun einmal als Beleidigung, wenn man ihren Namen Katja von Katinka ableitet.« Papa und Mama entzückt: »Das ist ganz Katja!« Beide wollen sich totlachen. Katja dreht sich um. Ich: »Täubchen, ruh dich doch mal aus!« Katja mit einem vernichtenden Blick auf mich: »Affe!« Dann ab.

Ich stürze ans Telephon, erwische Lju noch und gebe ihm das Versprechen, beruhigend zu wirken. Er sagte mit einem durchs Telephon zu Herzen gehenden Seufzer: »Du bist das Öl auf den Sturmwogen deiner Familie; ohne dich würde man seekrank.« Das Gespräch schien ihn sehr mitgenommen zu haben.

Ob er von Euch aus gesprochen hat, weiß ich gar nicht; es wäre sehr belustigend, wenn Du die andre Hälfte des Gespräches mit angehört hättest. Das ist sicher, Katja ist fertig mit Lju, wenn auch ihre Wut mit der Zeit nachlassen wird. Ob sie nun, nachdem sie mit der Intelligenz gebrochen hat, wieder für Deinen Stumpfsinn schwärmen wird, darüber läßt sich noch nichts sagen, rechne nicht zu bestimmt darauf. Übrigens gedeiht sie vortrefflich bei ihrer Enttäuschung; zu beklagen ist nur die arme kleine Jessika. Sie kommt mir vor wie ein kleiner Vogel, dem sein Nest zerstört ist, der Sturm und Regen ergeben über sich ergehen läßt, erschrocken und behutsam piepst und zuweilen mit dem zerzausten

Köpfchen hervorlugt, ob es noch nicht besser wird. Ich glaube, zuerst hat sie stundenlang geweint; ihr Gesicht zitterte noch lange nachher. Sie hat etwas so Süßes wie eine überreife Feige und etwas so Weiches wie eine Schneeflocke, die einem in der Hand zerschmelzen will. Es wäre für sie sehr gut, wenn Du sie heiratetest; aber Dir ist nun einmal zuerst Katja eingefallen, und nach dem Gesetz der Trägheit, das Dich beherrscht, rollst Du damit durch dick und dünn und hältst es für Charakter. Für Dich ist es ja ziemlich einerlei, wen Du betreust; aber für Jessika wäre es gut, wenn sie durch die Dickhaut Deiner saurischen Person vor der Welt geschützt wäre, während Katja eine solche antediluvianische Mauer nicht nötig hat und sie vielleicht auf die Dauer sogar nicht gut aushalten könnte. Ich will aber nicht so töricht sein, jemand Vernunft zu predigen, der keine hat.

Katja hat Einsicht genug, um Papa und Mama den wahren Sachverhalt zu verschweigen; aber wenn Papa sie mit Katinka anredet, um sie zu necken, wirft sie mir zornige Blicke zu, was die andern erst recht ins Lachen bringt. Lebe wohl! Welja

LJU AN KONSTANTIN

Kremskoje, 17. Juni

Lieber Konstantin! Es war durchaus zweckmäßig, daß ich Frau Tatjana bewogen habe, mit mir nach Kremskoje zu fahren; der Einfluß, den ich auf sie ausübe, hat auf den Gouverneur und seine Familie Eindruck gemacht, weil sie diese Verwandte sehr bewundern, die in der Gesellschaft eine große Rolle spielt. Sie ist schön und hat Geist genug, um zu wissen, wieviel davon eine Frau merken lassen darf. Ihr Verstand ist gut, wenn auch nicht ausgebildet. Sie liebt die geistigen Genüsse, die man ohne Anstrengung haben kann, deshalb bevorzugt sie zum Umgang kenntnisreiche und denkende Menschen, die das Ergebnis ihrer Gedankenarbeit in anregende Form zu kleiden wissen. Ihre Vorurteilslosigkeit würde man noch mehr bewundern, wenn sie etwas dadurch riskierte; aber der ganz unpolitischen Dame läßt man die Freiheit, das Gesellschaftseinerlei durch naive Offenheiten zu kolorieren.

Ihr Sohn Peter, der seit seiner Kindheit Katja liebt und unbeeinflußt durch die Tatsache, daß sie seine Neigung nicht erwidert, dabei verharrt, hat, oberflächlich betrachtet, etwas von den gutmütigen Riesen des Märchens. Aus einer Art von kindlicher Menschlichkeit und naivem Gerechtigkeitssinn zählt er sich zur revolutionären Partei. Trotzdem er eifersüchtig auf mich ist, da seine Cousine mich ihm vorzieht, kam er mir, wenn auch nicht gerade herzlich, doch mit anständiger Vorurteilslosigkeit entgegen. Er hat mit einigen andern Studenten, die wie er über bedeutende Mittel verfügen, medizinische Privatkurse eingerichtet, um sich und seinen Kollegen die Fortsetzung des Studiums zu ermöglichen, zugleich natürlich, um gegen die Maßregel der Regie-

rung zu protestieren. An diesen Kursen, die nächstens beginnen werden, will Katja teilnehmen. Der Gouverneur wußte bis jetzt nichts davon und ist empfindlich betroffen, daß ein solches Unternehmen von seinem Neffen ausgeht, und vollends, daß Katja sich daran beteiligen will. Da er gegen Katja nicht gut streng sein kann, begann er damit, seiner Schwester Tatjana Vorwürfe zu machen, daß sie ihren Sohn nicht von so ärgerlichen Donquichotterien zurückhielte. Sie lächelte wie ein Kind und sagte, ihr Sohn wäre ein erwachsener Mensch, sie könne ihn nicht am Gängelbande führen, überhaupt sollte man sie mit politischen Dingen, von denen die Frauen doch ausgeschlossen wären, in Ruhe lassen. Warum sollte sie sich ein Urteil bilden, das sie doch nicht geltend machen könnte? In Gesellschaft besonders sollten Gespräche über politische Dinge verboten sein, bei denen auch der klügste Mann plötzlich ein beschränkter und borstiger Esel würde. Übrigens schiene es ihr eigentlich erlaubt zu sein, daß, wenn der Staat ihm die Mittel dazu nähme, ein junger Mann sich auf eigne Hand die zu seinem Berufe nötige Bildung zu verschaffen suchte, denn eine Tätigkeit müsse ein Mann doch einmal haben.
Katja fiel ein, es wäre empörend, die Schulen zu schließen, was die Regierung sich einbildete, die Universitäten wären unabhängige Körperschaften, ob schließlich auch die Eltern den Zaren um Erlaubnis fragen sollten, ehe sie die Kinder lesen und schreiben lehren dürften.

Der Gouverneur sagte, wenn die Universität sich damit begnügt hätte, Wissenschaft zu lehren, würde die Regierung sie respektiert haben, aber indem sie sich in die öffentlichen Angelegenheiten gemischt und Partei ergriffen hätte, hätte sie sich ihres Rechtes auf Unantastbarkeit begeben. Die Härte, welche die Maßregel mit sich brächte, würde dadurch nicht ausgeglichen, daß einige, denen ihr Vermögen es erlaubte, sich den Unterricht auf privatem Wege verschafften, dessen Wegfall für Unbemittelte ohnehin viel schädlicher wäre. Da fuhr aber Katja los: »Du kennst Peter schlecht! Der verschafft sich keine Vorteile vor den Armen! Im Interesse der Unbemittelten hat er die Kurse hauptsächlich eingerichtet! Es können alle daran teilnehmen, auch die nicht zahlen können!« Der Gouverneur wurde dunkelrot und sagte, dann wäre die Sache schlimmer, als er geahnt hätte. Er hätte geglaubt, es handelte sich gewissermaßen um Privatstunden, dies wäre aber eine Gegenuniversität, eine Herausforderung, ein revolutionärer Akt. Er hätte nie für möglich gehalten, daß sein eignes Kind sich in die Reihen seiner Gegner stellte.

Ich habe ihn noch nie so zornig gesehen. Seine Stirn zog sich dicht zusammen, seine Nase schien zu flammen wie ein frisch geschliffener Dolch, es war eine unheimliche Atmosphäre um ihn, wie wenn ein Hagelwetter im Anzuge ist. Katja fürchtete sich ein wenig, hielt aber tapfer stand, Tatjana wunderte sich unbefangen und kindlich lächelnd weiter, daß er die

Sache so ernst auffaßte. Frau von Rasimkara sah traurig aus; ich weiß nicht, was sie dachte, aber ich glaube, sie war außer mir die einzige, die das Gefühl eines unabwendbaren Verhängnisses hatte. Nicht aus einem bestimmten Grunde, nur weil sie liebt, und wer liebt, fürchtet und ahnt.
In dem unangenehmsten Augenblick sagte ich zum Gouverneur, er möchte doch Welja und Katja ins Ausland schicken; er hätte doch sowieso die Absicht, sie eine Zeitlang an ausländischen Universitäten studieren zu lassen, und sie bereiteten ihm dann hier keine Ärgernisse mehr. Dieser Vorschlag heiterte die Gewitterstimmung auf. Welja war bezaubert. »Ja, Papa«, sagte er, »alle vornehmen jungen Leute werden ins Ausland geschickt; wenn etwas aus uns werden soll, mußt du es auch tun. Ich bin für Paris.« Frau Tatjana sagte: »Ich gebe euch Peter mit, damit ein vernünftiger Mensch dabei ist. Und für Peter ist Paris notwendig, es fehlt ihm an Grazie.« Der Gouverneur beschränkte seinen Widerspruch darauf, daß er Berlin für angemessener als Paris erklärte; aber der Vorschlag leuchtete ihm sichtlich ein, und ich bin überzeugt, er wird zur Ausführung kommen. Gemacht habe ich ihn, damit Katja und Welja abwesend sind, wenn das Unglück geschieht; Jessika zu entfernen, wird sich auch noch ein Vorwand finden. Ich denke, die Sache wird nun schnell fortschreiten.

Lju

KATJA AN WELJA

Petersburg, 20. Juni

Du bist ein Dussel, Welja! Du hast ja doch Peter die ganze Geschichte mit Lju geschrieben! Ich konnte es mir ja denken, aber warum prahlst Du denn, Du hättest keiner Menschenseele ein Wort davon mitgeteilt? Erstens fragte ich Dich nicht danach, und zweitens glaubte ich Dir nicht einmal. Peter denkt nun, er müßte mich trösten, und ich müßte ihn heiraten; Logik hat er doch nicht. Übrigens ist er entzückend, Gott, zu schade, daß ich nicht in ihn verliebt bin! Nun muß ich diese Albernheit von Peter ertragen und dazu noch anhören, wie Tante Tatjana von Lju schwärmt: wie elegant er wäre und wie anregend und wie energisch, und was für einen guten Einfluß er auf uns gehabt hätte! Paß Du nur wenigstens auf Jessika auf! Es ist auch zu toll, daß sie solche Eltern hat. Papa merkt nichts, Mama findet alles sympathisch, und Dir ist alles einerlei. Besinn Dich mal darauf, daß Du ein Mann bist; Lju kann alles mit Dir anstellen und Dir alles weismachen, gerade als ob Du in ihn verliebt wärest, das ist unwürdig. Wenn Tante Tatjana nicht gerade von Lju redet, ist sie reizend und sehr vernünftig. Die Kurse sind noch nicht eröffnet. Wie steht es mit Paris? Hat Papa ja gesagt? Im Notfall gehen wir natürlich auch nach Berlin, wenn wir erst fort sind, findet sich das übrige. Adieu! Katja

JESSIKA AN KATJA

Kremskoje, 20. Juni

Mein süßer kleiner Maikäfer! Ich möchte lieber weinen, als Dir schreiben, aber davon hättest Du ja nichts. Ich kann das Gefühl nicht loswerden, als wäre ich daran schuld, daß Du fortgegangen bist. An etwas bin ich schuld, das fühle ich ganz sicher, und es fing damit an, daß ich an Lju schrieb; daß Du darüber außer Dir warst, kannst Du doch nicht leugnen. Erst dachte ich, Du liebtest Lju auch, aber er lachte und sagte, das tätest Du ganz gewiß nicht; und als ich Euch nachher zusammen sah, kam es mir auch nicht mehr so vor. Und wenn Du ihn liebtest, liebtest Du ihn doch nicht so wie ich; Du würdest nicht daran sterben, wenn er Dich nicht wiederliebte. Aber das täte ich. Du bist doch überhaupt nicht so, daß Du Dich ernstlich verliebst, mein Klimperkleinchen, nicht? Welja sagt doch immer, Du wärest nicht so sentimental wie ich. Schreib mir etwas Tröstliches! Alle sind jetzt unzufrieden. Papa ist schrecklich nervös, seit Ihr fort seid, Besuch greift ihn ja immer etwas an, aber hauptsächlich ist es, glaube ich, wegen Deiner Kurse. Es ist doch auch fatal für ihn, wenn seine Tochter und sein Neffe bei etwas beteiligt sind, was gegen die Regierung gerichtet ist. Gestern wurden ein paar Bibliotheksbücher entdeckt, die Welja vor einem oder zwei Jahren entlehnt und vergessen hat zurückzubringen. Das kostet nun natürlich verhältnismäßig viel, und Papa wurde wütend und machte Krach. Er sagte, Welja wäre gedankenlos und

verschwenderisch und täte, als wenn er ein Millionär wäre, und würde uns noch alle an den Bettelstab bringen. Mama, die dazukam, versuchte Welja zu verteidigen, da wurde Papa erst recht böse. Mittags, als wir uns zu Tisch setzten, waren alle ernst und still, und Papa starrte finster vor sich hin. Mama nahm ihre Lorgnette, guckte ratlos von einem zum andern, endlich betrachtete sie Papa eine Weile und fragte liebevoll: »Warum bist du so blaß, Jegor?« Wir fingen alle dermaßen zu lachen an, Papa auch, daß die Stimmung wiederhergestellt war.
Welja war hauptsächlich deshalb niedergeschlagen, weil Papa unter anderm auch sagte, er könnte ihn doch nicht auf weite Reisen schicken, weil er zu leichtsinnig wäre. Aber das hat er nur so im Ärger gesagt, ich glaube, er will Euch doch gehen lassen.
Quält Peter Dich sehr? Meinetwegen mache Dir keine Sorge. Lju hat mir von Anfang an gesagt, er könnte und wollte nicht um mich anhalten, bis er eine entsprechende Stellung hätte, er wollte nur mein Freund sein; Du siehst, wie ehrenhaft er ist. Welja würde niemals so sein. Mein geliebtes Sonnenkäferchen, ich vermisse Dich stündlich. Du mich wohl nicht?

Deine Jessika

LUSINJA AN KATJA

Kremskoje, 21. Juni

Meine kleine Katja! Du hast nun Deinen Willen. Bist Du glücklich, daß Du in der Stadt bist? Wirst Du dadurch klüger, besser, froher? Ich will Dir nicht verschweigen, mein Liebling, daß es mich schmerzte, daß Du fortgingest, obwohl Du sahest, was Du Deinem Papa damit zufügst. Ist das so schwer zu begreifen? Denn wenn Du es recht begriffen hättest, hättest Du es doch nicht tun können. Es ist ja nicht, daß Du anders denkst als er, was ihn am meisten schmerzt, auch nicht, daß Du seinen Wünschen zuwiderhandelst. Aber er liebt Dich zu sehr, um Dir das zu verbieten, was er andern verbieten würde. Er liebt Dich, trotzdem Du etwas tust, wodurch alle andern seine Teilnahme verscherzen würden. Das macht ihn irre an sich, an seinem System, an allem. Warum fügst Du das Deinem Vater zu, der Dich liebt, einem alternden Manne? Erreichst Du etwas Bedeutendes für Dich oder für andre damit? Ach, ich glaube zuweilen, unsre Kinder sind da, um eine Rache an uns zu nehmen, und doch könnte ich nicht sagen, für wen und für was. Kinder sind die einzigen Wesen, denen gegenüber wir ganz selbstlos sind, darum sind sie die einzigen, die uns wahrhaft vernichten können. In ein paar Jahren vielleicht wirst Du selbst Mutter sein und mich verstehen und auch wissen, daß ich solche Betrachtungen anstellen kann, ohne daß meine Liebe zu Dir um den allerkleinsten Grad vermindert wäre.

Ich denke, es wird dazu kommen, daß Papa Dich und Welja ins Ausland schickt; er neigt schon sehr dazu, und es wird das beste für uns alle sein. Lju ist uns eine Stütze in diesen Tagen. Ich bin ihm zu Dank verpflichtet, und doch möchte ich am liebsten, daß wir nach Eurer Abreise ganz allein wären, Dein Papa und ich. Der Urlaub hat noch nicht die guten Folgen für ihn gehabt, die ich erhoffte, vielleicht weil zu viel Umtrieb und Unruhe bei uns herrschte. Furcht habe ich seinetwegen augenblicklich nicht, weil ich zu sehr von Dingen erfüllt bin, die noch schlimmer sind als körperliche Gefahren.

Sei rücksichtsvoll gegen Tante Tatjana, mein Liebling, und auch gegen Peter. Ich will Dich nicht bereden, einen Mann zu heiraten, den Du nicht liebst; aber die Freundschaft eines guten Mannes suche Dir zu erhalten. Deine Mama

WELJA AN KATJA

Kremskoje, 23. Juni

Dein Spatzengehirn hat, Gott weiß woher, einen vernünftigen Einfall gehabt, indem Du fortgingest. Spatzen und Mäuse wittern auch ungünstige Futterverhältnisse, das ist Instinkt, und den will ich Dir ja auch nicht absprechen. Es ist in der Tat jetzt sehr ungemütlich hier. Gestern früh hat Mama unter ihrem Kopfkissen wieder einen Drohbrief gefunden: wenn Demodow und die übrigen Studenten nicht begnadigt würden, würde Papa ihnen im Tode folgen oder vorangehen. Dies wäre die letzte Warnung, die er erhielte. Durch die Post kam am selben Tage ein Brief der Mutter Demodows, in dem sie Papa anflehte, das Leben ihres Sohnes zu schonen. Ob der

Drohbrief mit dem in Zusammenhang steht? Mama fand den Brief nicht so schrecklich, wie daß sie ihn erst am Morgen fand und also die ganze Nacht darauf gelegen hat; das ist ihr unheimlich. Merkwürdig ist es ja, wie er dahin gekommen ist; unsern Leuten kann man so etwas nicht zutrauen, es ist ausgeschlossen, und wer kann sonst in Papas und Mamas Schlafzimmer kommen? Selbstverständlich ist es auf natürliche Art zugegangen, aber dahinterkommen können wir nicht. Man meint, es müßte spät abends jemand zum Fenster eingestiegen sein; es leuchtet mir nicht ein, aber widerlegen kann ich es natürlich auch nicht. Lju ist peinlich berührt, weil seine Bewachung sich so deutlich als ungenügend erwiesen hat. Ich glaube, im Grunde hat er in der letzten Zeit gar nicht mehr daran gedacht. Er ist sehr ernst, ordentlich düster. Heute hat er lange mit mir über die Geschichte gesprochen; er hält es für ausgemacht, daß die Verfasser des Drohbriefs von dem Briefe der Frau Demodow Kenntnis hatten; daß er also aus dem Kreise seiner Freunde hervorgegangen sei. Natürlich braucht Frau Demodow nichts davon zu wissen. Zunächst, meint Lju, sollte der Drohbrief wahrscheinlich nur bewirken, daß Papa den Brief der Frau Demodow in günstigem Sinne beantworte, gewissermaßen seine Wirkung verstärken. Bei Papas Charakter würde er aber natürlich seinen Zweck gänzlich verfehlen. Lju sagte, er achtete und liebte Papa, der immer seinem Charakter und seiner Einsicht gemäß handle; aber anderseits müßte man zugeben, daß die Revolution ihm gegenüber im Rechte wäre. Die Regierung hätte einen allgemein verehrten Professor, einen der wenigen, die noch den Mut freier Meinungsäußerung gehabt hätten, verhaften und nach Sibirien schicken wollen; Demodow hätte ihn und die Rechte der Universität verteidigen wollen. In späteren Jahren würde man auf diese paar Studenten hindeuten als Beweis, daß es damals in Petersburg noch junge Männer von Mut und Ehre gegeben hätte. In diesem Falle wäre im Grunde die Regierung Aufrührer und gesetzloser Barbar, die sogenannten Revolutionäre Bewahrer des Rechtes. Sie handelten anständig, indem sie Papa von ihrer Ansicht und von ihren Absichten unterrichteten und ihm Zeit ließen, einen andern Weg einzuschlagen, der sie befriedigen würde. Ich gab ihm natürlich recht, aber ich sagte, ich könnte es doch Papa nachfühlen, daß er nun erst recht nicht nachgäbe. Vielleicht, sagte Lju, wenn Papa sicher wüßte, daß die Drohungen ernst gemeint wären und ausgeführt würden, täte er es doch aus Liebe zu seiner Frau und seinen Kindern. Ich glaube es doch nicht; und jedenfalls würde er eben davon nicht zu überzeugen sein. Papa ist der einzige, der ganz unerschüttert ist, das gefällt mir von ihm. Es ist kein Schatten von Furcht an ihm; wenn es früher noch möglich gewesen wäre, würde er jetzt auf keinen Fall einlenken. Es ist natürlich auch Trotz und Eigensinn und Rechthaberei dabei, aber fein ist es doch. Mama ist traurig; sie findet es natürlich schrecklich, daß die Studenten hingerichtet werden sollen, oder wenigstens Demodow, und daß Papa es ändern könnte und es nicht tut; ich glaube aber, sie hat jetzt nicht wieder versucht, auf ihn einzuwirken, weil sie weiß, daß es doch umsonst wäre. Papa und Mama sind beides außerordentlich geschmackvolle Menschen, ich hätte mir keine andern Eltern ausgesucht, obgleich mir ihr Charakter und ihre Ansichten oft komisch vorkommen.

Lju hat übrigens gesagt, nach seiner Meinung wäre Papas Leben zunächst noch gar nicht gefährdet, erst wenn die Studenten wirklich verurteilt wären, würde es vielleicht kritisch. Unsre Dienerschaft wäre ja aber unbedingt treu, und deshalb wäre kaum für ihn zu fürchten. Ich fragte ihn nämlich, weil er so ungewöhnlich ernst und gedankenvoll war. Er sagte, er hätte eingesehen, daß er uns so bald wie möglich verlassen müßte, und das stimmte ihn traurig. Er hätte es ja sowieso getan, nun würde er es beschleunigen. Auch weil die Nichtübereinstimmung zwischen seinen Ideen und Papas doch zu groß wäre, als daß er ein Zusammenarbeiten für anständig halten könnte. Ich habe versucht, ihm das auszureden.

Ich bleibe jedenfalls noch hier, um Papa und Mama ein bißchen zu zerstreuen, sie tun mir leid. Jessika ist nur verliebt. Gottlob, daß ich es nicht bin, es ist ein scheußlicher Zustand. Benimm Dich korrekt, Spatz, damit Papa in dieser Zeit Unannehmlichkeiten erspart werden.

Welja

JEGOR VON RASIMKARA AN FRAU DEMODOW

Kremskoje, 23. Juni

Gnädige Frau! Hätte Ihr Sohn mich persönlich beleidigt oder angegriffen, so hätte es Ihrer Fürbitte nicht bedurft, damit ich seiner Jugend und seinem ungestümen Charakter die Kränkung unbedingt vergeben hätte. Unglücklicherweise ist es nicht die Privatperson, an die Sie sich wenden, sondern der Vertreter der Regierung; als solcher kann ich nicht großmütig sein, denn den Staat angehend, handelt es sich nicht um Gefühle, sondern um Nutzen und Notwendigkeit. Ich habe den jungen Mann, dessen Gesinnung mir bekannt war, zeitig gewarnt, sowohl in seinem wie im Interesse seiner unglücklichen Eltern; damit, daß er meine Warnung unbeachtet ließ, erklärte er, die Folgen seiner Handlungsweise auf sich nehmen zu wollen. Ich traue ihm zu, daß er selbst weder um Gnade bittet noch der Regierung aus ihrer Strenge einen Vorwurf machen wird.

Ihnen zu sagen, gnädige Frau, wie sehr ich mit Ihnen empfinde, hätte ich vielleicht nur das Recht, wenn ich Ihre Bitte gewähren könnte. Erlauben Sie mir jedoch, Ihnen zu sagen, daß ich Ihnen dankbar wäre, wenn Sie mir jemals Gelegenheit gäben, Ihnen mein aufrichtiges und schmerzliches Mitgefühl durch die Tat zu beweisen.

Ihr ergebener Jegor von Rasimkara

LJU AN KONSTANTIN

Kremskoje, 24. Juni

Lieber Konstantin! Frau von Rasimkara hat von dem Brief, den ich ihr unter das Kopfkissen legte, einen starken Eindruck empfangen. Sie fand ihn erst am Morgen, nachdem sie eine ganze Nacht darauf geschlafen hatte. Dies und daß sie nicht begreifen kann, wie der Brief an seine Stelle gekommen ist, findet sie am unheimlichsten. Übrigens ist sie gefaßt; sie ist überzeugt, daß ihr Mann verloren ist, daß niemand es ändern kann, und erwartet das unvermeidliche Schicksal. Das ist aber eine Stimmung, die durch andre Stimmungen wieder verscheucht werden kann; oder es ist ein Grundbewußtsein, über das der Tag immer wieder hinflutet. Der Gouverneur ist beinahe unempfindlich für den immerhin aufregenden, auch ihm unerklärlichen Vorfall. Er hat die Bittschrift der Frau Demodow ohne Zögern in abschlägigem Sinne beantwortet. Es ist keinerlei Veränderung an ihm wahrzunehmen; allerdings litt er schon einige Zeit unter dem Verhalten seiner Tochter Katja. Daß ihm eine ernstliche Gefahr droht, scheint er nicht für möglich zu halten, jedenfalls will er sie nicht für möglich halten.

Daß es so kommen würde, habe ich vorausgesehen. Ich hätte den unerschrockenen und unerschütterlichen Menschen gern gerettet; ich habe fast zu lange an die Möglichkeit geglaubt, daß ich es vermöchte. Wenn ich an Selbstüberhebung gelitten habe, können die Erfahrungen, die ich in diesem Hause gemacht habe, mich davon heilen. Ich sehe, einen Menschen ändern kann nur Gott; oder nicht einmal Gott! Das könnte meinen Stolz trösten. Man hat so wenig Macht über die Menschen wie über die Sterne; man sieht sie nach ihren unbeugsamen Gesetzen auf- und untergehen. Es wird nun nicht mehr lange dauern, es gibt keinen Ausweg. Jetzt ist mir selbst das liebste, wenn es bald vorüber ist. Lju

KATJA AN WELJA

Petersburg, 25. Juni

Welja, ich glaube, Du bist noch nie ganz wach gewesen, seit Du lebst. Wache doch endlich mal auf! Mir werden von allen Seiten Vorwürfe gemacht, von andern kann es ja hingehen, aber von Dir? Unerhört! Was tu ich denn? Papa hat seine Ideen und ich meine; warum soll er mehr Recht haben, seinen nachzuleben, als ich? Seine sind schädlicher als meine, find ich. Ich bringe doch niemand um. Vielleicht weil er älter ist als ich? Schöner Grund; sein Alter spricht doch höchstens gegen ihn. Aber lieb habe ich ihn gewiß ebenso wie Ihr, wahrscheinlich mehr als Du. Du siehst nicht einmal ein, daß Lju nicht im Hause bleiben darf, wenn er solche Ansichten hat, wie er Dir gesagt hat. Wenn wir finden, daß Papa im Unrecht ist und daß es der Gegenpartei schließlich nicht zu verdenken ist, wenn sie ihn umbringt, so ist das etwas ganz andres, als wenn ein Fremder es findet. Was wissen wir denn eigentlich von Lju? Ich weiß, daß er vollkommen gewissenlos ist. Dir imponiert das natürlich, mir hat es zuerst auch imponiert, es mag ja auch großartig sein, vielleicht hast Du auch kein Gewissen, vielleicht möchte ich ebensowenig haben wie er, aber das ist mir jetzt ganz einerlei, in unserm Hause darf er nicht bleiben. Siehst Du denn nicht ein, daß er wirklich Papa ganz ruhig umbringen lassen würde? Halte wenigstens die Augen offen und passe auf! Es wurde mir geradezu unheimlich zumute, als ich Deinen Brief las. Er heftet seine eisigen Augen auf Papa und denkt: eigentlich hätten sie recht, wenn sie dich umbrächten. Wozu soll er überhaupt dasein? Daß er kein Mann für Jessika ist, mußt Du doch einsehen; übrigens will er sie ja gar nicht einmal heiraten, er macht sie nur unglücklich. Die Geschichte mit Jessika muß auch Mama einsehen, das andre darf sie natürlich nicht wissen, damit sie sich keine Gedanken macht. Hörst Du, Du darfst ihn nicht zurückhalten, sondern mußt ihm im Gegenteil sagen: »Ja, geh sofort, du hättest es schon längst tun sollen!« Wenn Du ein Mann wärest, hättest Du ihm längst gesagt, er müßte Jessikas wegen aus dem Hause. Sei mal ein Mann! Papa sieht und hört ja leider Gottes nichts; eigentlich wäre es besser, er spielte im Berufe die Rolle, die er bei uns spielt, und umgekehrt, dann wären Volk und Familie zufrieden. Armer Mann, er opfert sich einem Popanz von Pflichtgefühl – und doch ist auch etwas Schönes an dem Unsinn. Ich weiß nicht, was mir mehr gefällt, das oder Ljus Gewissenlosigkeit. Ach, Papa ist nun einmal Papa, und darum geht er vor. Wir müssen über ihn wachen, Du mußt mir für ihn bürgen, hörst Du? Katja

LUSINJA AN TATJANA

Kremskoje, 26. Juni

Liebe Tatjana! Es ist gerade, als ob Du die Sonne mit fortgenommen hättest; seitdem haben wir häßliche Regentage. Der Tag, an dem Du so überraschend ankamest, wie war der sorglos und heiter! So werden wir gewiß lange keinen erleben. Als wir hier herauszogen im Mai, dachte ich nur an die Zeit, die vor mir lag, die ich mir unbeschreiblich glücklich dachte, wo ich Jegor ganz für mich haben würde, fern von Geschäften und Sorgen, und mein Gefühl war geradeso, als ob nachher nichts mehr käme. Das hat man wohl immer so, wenn man ein Glück vor sich hat; Glück scheint einem ewig zu sein – obwohl es im Gegenteil nur flüchtig sein kann. Nun merke ich, daß der Sommer vorübergehen wird, daß, noch ehe er vorüber ist, die Zeit kommen wird, wo wir wieder in die Stadt ziehen müssen, wo der Prozeß anfängt mit allen Schrecknissen für andre und für uns.
Jegor wird der Menge und Energie des aufgehäuften Hasses nicht entrinnen. Wenn sie ihn kennten! Aber sie kennen nur seine Taten. Und ist der Mensch nicht in seinen Taten? Ach Gott, ich habe mir fest vorgenommen, ich will nicht urteilen: es ist so viel auf beiden Seiten abzuwägen, daß ich irren könnte. Nur

das weiß ich sicher, daß Jegor niemals aus angeborener Grausamkeit oder aus persönlicher Rachsucht handelte, er glaubte immer das Rechte zu tun, und es ist ihm oft schwer geworden. Vielleicht hat er unrecht; aber daß er irren kann, macht ihn mir nicht weniger teuer. Er wertet das Bestehende und die legitime Macht am höchsten, mich hätte die Neigung eher in eine andre Richtung gezogen, aber ich bin deshalb nicht besser als er. Das liegt im Blute; seine Ahnen haben ihm andres Blut vererbt als meine mir.

Ach, Tatjana, mein Herz ist schwer! Wohin ich sehe, ist alles dunkel, so gleichmäßig dunkel, daß ich schon gedacht habe, es wären meine Augen, die nicht mehr hell sehen könnten. Aber sage selbst, wo ist etwas Gutes, Tröstendes? Wie soll der Konflikt mit den Kindern enden, die nur ihren Neigungen nachrennen und stolz darauf sind, daß sie sich kaum nach uns umsehen? Müssen alle Menschen dies erleben? Ja, vielleicht haben wir unsre Eltern Ähnliches erleben lassen; aber es ist darum nicht minder bitter.

Furcht ist das Ärgste; die Furcht, glaube ich, hat mich so entnervt, daß ich an keiner Freude mehr teilnehmen kann, daß ich aus mir selbst keine mehr hervorbringen kann. Ich fürchte ja immer, Tag und Nacht, auch während ich schlafe. Das ist das Schlimmste. Du kannst Dir gewiß nicht vorstellen, wie das ist, zu schlafen und zu träumen und währenddessen fortwährend von Furcht gequält zu sein. Seit ich den Brief unter meinem Kopfkissen gefunden habe, ist mir zumute wie einem, der zum Tode verurteilt ist und nicht weiß, wann das Urteil vollstreckt wird. Siehst Du, der Mörder muß durch das offene Fenster gekommen sein, am Hause hinaufgekrochen wie eine Schlange, und hat an meinem Bett gestanden, ganz dicht, und hat den Brief unter mein Kissen geschoben. Er muß lautlos gekommen sein, wirklich wie eine Schlange, Du weißt doch, daß ich damals sofort aufwachte, als Lju in unser Schlafzimmer kam, und daß ich überhaupt einen leisen Schlaf habe. Er hatte ein Messer in der Hand oder einen Strick und hätte Jegor auf der Stelle ermorden können; aber er wollte ihm noch eine Frist geben, oder er hatte im Augenblick nicht das Herz dazu, oder er wollte uns nur auf die Folter spannen. Jede nächste Nacht kann die sein, wo er wiederkommt und es ausführt.

Und warum hörte Lju nichts? Ja, warum hätte er mehr hören sollen als wir, in deren unmittelbarer Nähe sich alles abspielte? Vor diesem Verhängnis ist auch seine Wachsamkeit unwirksam. Er scheint mir ganz verändert seitdem, ernst und in sich gekehrt; aber mit diesen Worten ist sein Wesen noch nicht treffend genug bezeichnet. Sicherlich leidet er darunter, daß er das nicht leisten konnte, was er versprochen hatte und was ich ihm zutraute. Vielleicht ist es ihm selbst unheimlich. Er sieht, daß wir verloren sind. Er mag nicht dabeisein. Oder wenn nun das wäre, daß er uns nicht schützen kann, nicht schützen darf? Nach seiner Meinung natürlich. Ob er diejeni-

gen gesehen und erkannt hat, die Jegor nachstellen? Ob er Freunde unter ihnen erkannt hat? Oder irgendwelche Menschen, die er für wertvoller hält als uns? Diese Vermutung – nicht Vermutung, dies Gedankengespinst wird Dir wahnsinnig erscheinen; ich wäre auch nie darauf gekommen, wenn ich nicht sein seltsames Wesen vor meinen Augen hätte. Irgend etwas Geheimnisvolles ist um ihn. Zuweilen, wenn sein Blick auf Jegor und mir ruht, schaudert mich. Vorwerfen tue ich ihm nichts, das Mitleid, das ich mit ihm habe, spricht deutlich für ihn. Wenn es wahr ist, daß er uns schützen könnte und es doch nicht tun zu dürfen glaubt, so glaubt er im Rechte zu sein. O Gott, alle Leute haben recht, alle die, welche hassen und morden und verleumden – o Gott, was für eine Welt! Was für eine Verschlingung! Am Ende ist der wohl daran, für den sie gelöst ist.
Ich gebe zu, daß meine Nerven sehr überreizt sind. Es ist zu entschuldigen unter diesen Umständen, nicht wahr, Tatjana? Jegor ist ganz ohne Furcht. Er gefällt mir so gut, ich glaube, ich habe ihn noch nie so geliebt wie jetzt. Das ist auch ein Glück. Ich weiß ja wohl, daß ich glücklich bin vor vielen, vielen Frauen; aber es ist ein schwarzer Vorhang vor diesem Wissen. Ob noch einmal ein guter Wind kommt und ihn fortreißt? Denke an mich, Liebe.

Deine Lusinja

WELJA AN KATJA

Kremskoje, 27. Juni

Täubchen, Katinka, was für einen Unsinn schreibst Du mir da von meinem Schlafen und Wachen? Und von Ljus Gewissenlosigkeit und Papas Pflichtgefühl, die Dir abwechselnd imponieren! Vater, wie du willst! Wenn Du psychologischen Scharfblick hättest, würdest Du bemerkt haben, Daß Lju ein Theoretiker ist, Handeln ist eigentlich seine Sache nicht. Er findet, daß gewisse Leute ganz recht hätten, wenn sie Papa töteten. Ist das neu? Natürlich hätten sie recht. Als sie voriges Jahr den Kaiser in die Luft sprengen wollten, waren wir uns auch darüber einig, daß sie recht hätten, und hätten es doch nicht getan. Dann könntest Du ja auch von mir denken, ich brächte Papa um. So etwas tut man eben nicht, wenn man es auch theoretisch tadellos findet oder sogar billigt; die Kultur hindert einen daran. Du bist einfach noch eifersüchtig, ich hätte besser von Dir gedacht. Die Liebe macht alle Frauenzimmer dumm und kleinlich. Jessikas wegen wäre es ja besser, Lju ginge fort, das gebe ich zu; ich mag nur selbst verliebt sein, von andern kann ich es nicht leiden, sie werden lächerlich dadurch, für Jessika ist es geradezu ein Elend. Das heißt, ich kann mir denken, daß andre Leute es entzückend finden; sie kommt mir selbst oft so vor wie ein blühendes Pfirsichbäumchen, das in Flammen steht. An sich eine hübsche Erscheinung – aber wenn ich denke, daß sie ein Mensch und meine Schwester ist, finde ich es albern.

Ich habe auch zu Lju gesagt, die Sache hätte sich überlebt, und es wäre besser, daß sie nun ein Ende nähme. Er war ganz damit einverstanden und sagte, er ginge ja schon längst mit dem Gedanken um, unser Haus zu verlassen, er wollte nur sicher sein, ob Mama ihn auch gern gehen ließe. Du siehst, die unrecht Du hast. Vielleicht geht er mit uns ins Ausland; natürlich geht das nur, wenn Du vernünftig bist. Er kann doch nicht jedes Mädchen heiraten, das sich in ihn verliebt, kleines Kalb! Hätte ich das getan? Was Dich anbetrifft, Du brauchst überhaupt nicht zu heiraten. Du bist ein furchtbar niedlicher Spatz, als Eheweib und Mutter wärest Du lächerlich.

Welja

LJU AN KONSTANTIN

Kremskoje, 29. Juni

Lieber Konstantin! Ich habe Frau von Rasimkara gebeten, daß sie mich entlassen möchte. Ich sagte, der Vorfall mit dem Briefe hätte mich davon überzeugt, daß meine Anwesenheit nutzlos wäre. Ich hätte Tag und Nacht darüber nachgedacht, wie es hätte geschehen können, und wäre zu keinem Ergebnis gekommen. Durch das Fenster könnte bei Nacht niemand gekommen sein, dessen wäre ich sicher, ich würde es gehört haben. Die Dienstboten könnte man meiner Ansicht nach nicht verdächtigen, ich hielte sie für unbestechlich treu. Sie unterbrach mich und sagte lebhaft, in diesem Punkte hätte sie keinen Zweifel.

Ich sagte, die einzige Möglichkeit wäre, daß ein Dienstbote es in der Hypnose getan hätte. Immerhin wäre es nicht wahrscheinlich. So etwas interessiert sie sehr, und wir sprachen eine Weile darüber. Übrigens, sagte sie, wollte sie die Sache mit dem Briefe ruhen lassen, es käme doch nichts dabei heraus. Eine eigentliche Untersuchung wollte ihr Mann nicht anstellen, er pflegte Drohbriefe immer zu ignorieren und mäße ihnen keine große Bedeutung bei. Bis jetzt hätten die Erfahrungen ihm ja auch recht gegeben. Ich bestritt dies weder, noch bestätigte ich es. Jedenfalls, sagte ich, wäre die Lage so, daß sie meiner nicht mehr bedürfte, sei es nun, weil keine Gefahr vorhanden sei oder weil ich nicht dafür einstehen könnte, daß ich sie abzuwenden imstande wäre.
Sie fragte, wohin ich mich zu wenden und was ich zu tun gedächte. Ich sagte, ich wollte mein Werk vollenden, das läge mir zumeist am Herzen. Wenn ich mich mit meinem Vater aussöhnte, würde ich bis auf weiteres zu Hause bleiben; er hätte mir kürzlich einen entgegenkommenden Brief geschrieben. Sonst würde ich bei einem Freunde Zuflucht finden. Sie sagte, daß sie und ihr Mann mir zu Dank verpflichtet wären und daß ich ihnen gestatten müßte, mir zu Hilfe zu kommen, wenn ich Hilfe brauchte; das würde keine Wohltat, sondern Erstatten einer Schuld sein. Sie war ernst, liebenswürdig, von gewähltester Feinheit. Wenn es mir paßte, sagte sie, wäre ich frei, sofort zu gehen; wenn ich aber über meinen künftigen Aufenthalt noch nicht im klaren wäre, sollte ich

bleiben, solange ich möchte. Ich sagte, ich wollte versuchen, ein Verständnis mit meinem Vater zu erzielen, und würde ihr dankbar sein, wenn ich ihre Gastfreundschaft noch etwa vierzehn Tage in Anspruch nehmen dürfte; bis dahin würde sich das entschieden haben. Ich wollte ihre Hand küssen, die sehr schön ist; aber ich dachte plötzlich daran, was ich ihr anzutun willens bin, und unterließ es.

Ich habe den Eindruck, daß meine Mitteilung sie froh gemacht hat, wahrscheinlich Jessikas wegen. Ich glaube sogar, sie denkt, ich hielte es Jessikas wegen für meine Pflicht zu gehen, und hat deswegen ein Gefühl der Dankbarkeit für mich. Lebe wohl!

Lju

JESSIKA AN TATJANA

Kremskoje, 29. Juni

Liebste, holdeste Tante! Ich glaube, ich komme bald zu Dir. Die paar Tage, wo Du hier warest, waren so schön! Alle waren heiter und zufrieden durch Deine Gegenwart. Jetzt ist es schrecklich. Lju wird fortgehen, er sagt, er müsse fort, weil es sich gezeigt hätte, daß er überflüssig wäre, und weil Mama ihn nicht mehr brauchte. Zuerst sagte Mama doch, sie hätte noch niemals ein solches Sicherheitsgefühl gehabt wie jetzt, weil Lju da wäre. Aber Papa hatte es niemals gern, und er wird zu Mama gesagt haben, daß er es nun nicht länger möchte. Du weißt ja, daß Papa nicht gern fremde Menschen um sich hat; sogar daß

Du hier warest, hat seine Nerven angegriffen. Mama ist gewiß im Grunde sehr unglücklich, daß Lju fortgeht. Und wenn nun Welja und Katja auch noch fortgehen! Papa ist schon beinahe überzeugt, daß es am besten ist, wenn sie in Berlin oder Paris die Universität besuchen. Welja freut sich schrecklich und Katja natürlich auch, ich gönne es ihnen, sie mögen ja so gern reisen. Aber nimm mich dann zu Dir, Tante Tatjana, bis wir wieder in die Stadt ziehen. Es ist mir hier zu traurig so allein, nachdem es im Mai so schön war wie noch nie. Die Stimmung hier ist so erdrückend. Papa und Mama werden ganz einverstanden sein, vielleicht tut es ihnen gut, einmal allein zu sein. Dann kann Papa sich am besten ausruhen, und die Arbeit, die für die beiden zu machen ist, können unsre Dienstboten ja bequem ohne mich ausrichten. Lju weiß noch nicht, wohin er geht. Er sagte mir, wenn er nach Petersburg ginge, würde er Dich besuchen, falls Du es erlaubtest. Er schwärmt oft von Deiner Schönheit und Deinem Geist. Wer täte das nicht? Am meisten

Deine kleine Jessika

WELJA AN KATJA

Kremskoje, 1. Juli

Nun, mein süßer Spatz, Deine Schopffedern sind wohl noch zornig gesträubt gegen Deinen Bruder, weil er Dir, wie es seine Pflicht ist, die Wahrheit gesagt hat? Unterdessen arbeitet er für Dein und sein und unser aller Wohl. Seit Papa sich überzeugt hat, daß wir die tiefere Bildung nur erlangen können, wenn wir ein paar Semester im kultivierten Westen studieren, ist seine Laune wieder sehr gestiegen. Er findet es jetzt auch besser, daß wir mit dem mehr äußerlichen Paris beginnen, um später zum gründlichen philosophischen Deutschland fortzuschreiten. Wir sollen bald fort; denn Papa begreift auf einmal, daß alle unsre Unzulänglichkeiten nur davon kommen, daß wir den Einfluß der alten westlichen Kultur noch nicht durchgemacht haben. Du mußt also Dein Studium sofort aufgeben und für unsre Ausrüstung sorgen, das heißt dabeistehen, wenn Tante Tatjana es tut.

Lju geht fort, vielleicht schon vor uns. Ich denke mir, er wird auch nach Paris kommen, wenn wir da sind, obgleich er sich nicht bestimmt darüber ausspricht. Wir fahren oft Automobil zusammen. Ich habe Mama mein Wort geben müssen, ihn möglichst selten mit Jessika allein zu lassen – ganz überflüssig, denn er hat selbst gar keine Lust dazu. Auf Papa nehme ich auch viel Rücksicht, ich spiele nie mehr Wagner, weil ihn das nervös macht. Übrigens geht es ihm wirklich viel besser, außer seiner Scharteke hat er jetzt noch unsre Reise, die ihn angenehm beschäftigt, er gibt mir Anweisungen, welche Züge wir nehmen müssen, in welchen Hotels wir absteigen sollen, und hat dabei fast das Gefühl, er könnte selbst mit. Sei Deinem Bruder dankbar, anstatt zu schmollen, was überhaupt kindisch ist. Welja

WELJA AN PETER

Kremskoje, 1. Juli

Lieber Peter! Das beste wäre, Du gingst mit nach Paris. Meine Mutter wünscht es, weil sie Dich für verständiger hält als uns, denn sie ist auch einverstanden, und mir mußt Du nur versprechen, kein verliebtes Gedusel mit Katja anzufangen. So bist Du ja aber auch nicht; was Du im Innern fühlst, ist mir natürlich einerlei. Wenn Deine Kurse sich durch Deine Abreise auflösen, ist es um so besser. Papa hat noch Schererei genug, er kann einem wirklich leid tun. Mit der Gesinnungsmeierei kann es ja dann wieder losgehen, wenn wir zurückkommen. Ich meinerseits mache sehr gern mal eine Pause. In Paris wirst Du Dich auch noch politisch entwickeln, ich sehe Dich schon als gereiften Robespierre ins heilige Rußland einbrechen.

Unbedingt Dein Welja

LUSINJA AN KATJA

Kremskoje, 2. Juli

Mein Herzenskind! Es ist beschlossen, daß Ihr, Du und Welja, nach Paris geht. Du freust Dich, nicht wahr? Ich denke, Ihr werdet vernünftig sein und nicht gar zu viel Geld ausgeben, Ihr seid doch alt genug, um die Verhältnisse zu begreifen und Euch in sie zu schicken. Ihr habt den besten Vater, der sich niemals auf unrechtmäßige oder auch nur unfeine Weise bereichert hat, wie so viele tun, und ich hoffe, Ihr ehrt und liebt ihn deswegen um so mehr und seid stolz auf die verhältnismäßige Beschränktheit unsrer Mittel. Er hat trotzdem immer mit verschwenderischer Güte für Euch gesorgt, mißbraucht es nicht. Das Überschreiten eines gewissen Maßes würde ihm nicht nur Kummer, sondern sehr ernste Widerwärtigkeiten bereiten. Innerhalb dieser Begrenzung, mein Liebling, sollt Ihr Eure Freiheit herzhaft genießen und die Euch gebotenen Mittel, Euch zu ganzen Menschen zu bilden, benutzen.

Ich denke mir, daß Jessika, wenn Lju und Ihr fort sein werdet, zu Tante Tatjana gehen wird. Ihr armes, zärtliches Herz muß noch viel durchmachen, sie wird dort weniger leiden als hier, deshalb lege ich ihr nichts in den Weg. Daß Lju fortgeht, ist ihretwegen notwendig. Seine anregende Art, zu sprechen, die naheliegenden mit entfernten und interessanten Vorstellungen zu verbinden, werde ich vermissen. Er läßt nie ein Wort, das man sagt, fallen, sondern fängt es auf und spinnt daran weiter. Das lieb ich sehr an ihm; am meisten aber, daß er eine Persönlichkeit ist, ein Mensch mit einem intensiven Bewußtsein von allen Dingen und mit einem klaren Willen. Anderseits erleichtert es mein Gemüt, daß er fortgeht, und nicht nur Jessikas wegen. Er hat etwas Fremdartiges und Unergründliches für mich, das mich zuzeiten sehr aufgeregt hat. Er hat einen sonderbaren Blick; vielleicht hat er auch damit solche Macht über Jessika gewonnen. Das Rätselhafte zieht an und ängstigt zugleich. Er gehört nun einmal nicht zu uns, und all sein Sinn für die verschiedenartigsten Menschen

kann das nicht überbrücken. Und dann nachtwandelt er; darüber kann ich nicht wegkommen.
Nach allen Erregungen dieses Sommers freue ich mich darauf, mit Papa allein zu sein. Wirklich, ich freue mich darauf – macht Euch also keine Gedanken unsertwegen. Ihr werdet uns viele schöne Briefe schreiben, und wir werden Euch im Geiste zur Mona Lisa und zur Place de la Concorde und zu den Springbrunnen von Versailles begleiten. Dabei fällt mir ein, daß wir dazu nicht einmal den Hut aufzusetzen brauchen, daß Ihr aber Reisekleider und sonst noch allerlei haben müßt. Vieles werdet Ihr gewiß geschmackvoller und billiger in Paris besorgen. Wäret Ihr nur praktischer! Kann ich es Euch überlassen? Jedenfalls, eine gewisse kleine Ausrüstung müßt Ihr doch von hier mitnehmen, damit beschäftige Dich jetzt, Du hast ja Tante Tatjana, die beste Ratgeberin, zur Seite. Lebe wohl, mein Herzenskind, schreibe Deinem Vater bald, daß Du Dich auf Paris freust.

Deine Mama

KATJA AN JEGOR

Petersburg, 4. Juli

Lieber Papa! Es ist fabelhaft anständig von Dir, daß Du uns nach Paris gehen läßt. Du hast aber auch etwas Gutes davon, indem Du uns loswirst. Peter will vielleicht auch mit, es ist mir ganz recht, denn er ist so praktisch, daß man ihn eigentlich gar nicht entbehren kann. Zum Beispiel ein Automobil heilmachen, weswegen Lju damals eigens in die Stadt fuhr, das kann er selbst und wenn es noch so kompliziert ist. Er ersetzt einem Dienstmann, Schlosser, Tapezierer, Schneider, Koch und sogar Putzmacherin, nur ist sein Geschmack etwas veraltet. Er ist jetzt auch sehr zurückhaltend gegen mich, es scheint mir beinahe, als wäre er nicht mehr verliebt; das ist eigentlich schade, obgleich es mir manchmal lästig war. Für die Reise ist es aber besser so, das sehe ich ein. Und gefällig ist er auch doch noch ebenso wie früher, gestern hat er mir erst ein Buch sehr schön eingebunden und einen Schlüssel gemacht für einen, den ich verloren hatte, was Tante Tatjana nicht erfahren sollte.

Wenn Peter mitgeht, werden wir viel Geld sparen, auch weil er immer aufpaßt. Soll ich noch einmal kommen und Euch adieu sagen? Ich tue es sehr gern, dann müßt Ihr aber Lju vorher wegschicken, ich kann ihn nicht ausstehen, und seine Gegenwart würde mir alles verleiden.

Deine allerkleinste Katja

LUSINJA AN TATJANA

Kremskoje, 5. Juli

Liebste Tatjana! Ich habe die melancholischen Anwandlungen ganz überwunden, das muß ich Dir doch erzählen. Weil es einfach so nicht weiterging, hat sich in mir ein Umschwung vollzogen. Man entdeckt oft platte Wahrheiten, so ist es mir mit dem

Sprichwort gegangen, daß Gott dem Mutigen hilft. Zuerst kostete es mich Anstrengung, die Furchtgedanken zu unterdrücken und zuversichtlich in die Zukunft zu sehen, aber nachdem ich dies ein paarmal gemacht hatte, schien mich auf einmal eine unbekannte Kraft zu tragen, und von selbst überströmte mich Heiterkeit. Zum Teil kommt es allerdings auch daher, daß Jegor wieder in guter Stimmung ist, seit er den Entschluß gefaßt hat, die Kinder nach Paris gehen zu lassen. Das ist mir der größte Schmerz, ihn so gedrückt und ohnmächtig traurig zu sehen. Nun freue ich mich ordentlich auf die Zeit, wo wir allein sein werden. Ich glaube, so ganz allein waren wir noch niemals, seit die Kinder auf der Welt sind. Und auf dem Lande, ohne etwas zu tun, in schöner Umgebung! Es muß jetzt alles schnell gehen, sonst ist die Zeit des Urlaubs zu Ende, bevor sie alle fort sind. Jegor freut sich auch darauf, er meint nur immer, ich könnte gar nicht mehr für ihn und in ihm allein leben, weil ich gewohnt wäre, mich für viele und vieles auszugeben, aber im Herzen weiß er genau, daß ich mit ihm allein erst in meinem Elemente sein werde. Wann wird man wohl einmal älter? Bis jetzt bin ich seit meinem zwanzigsten Jahre immer jünger geworden – ich! Meine Haare und meine Haut natürlich nicht.
Liebe Tatjana! Hilfst Du meiner kleinen Katja besorgen, was sie zur Reise braucht? Du hast ja so viel Geschmack und Einsicht. Wenn Dein Peter mitginge nach Paris, das wäre eine große Beruhigung für uns.

Obwohl er nur so wenig älter ist als Welja, wäre es mir doch, als wenn ein Mentor mitginge. Ich dachte erst an Lju in diesem Sinne, aber Katjas Abneigung ist ja nicht zu besiegen. Und wenn ich denke, wie sie zuerst für ihn schwärmte! Er war ein Orakel für alle drei Kinder. Da nannte er sie einmal Katinka statt Katja, und aus war es für immer. Ein bißchen verrückt kommen mir meine Kinder zuweilen vor, Gott weiß, woher sie es haben. Natürlich, Tatjana, glaube ich nicht, daß diese Namensirrung der einzige Grund ist. Es wird wohl allerlei zwischen den Kindern vorgefallen sein, Eifersucht und dergleichen. Im Charakter würden ja Lju und Katja ganz gut zusammenpassen, wenigstens eher als Lju und Jessika; aber es pflegen sich nun einmal die Gegensätze anzuziehen. Jedenfalls ist mir die Abneigung, und wenn sie noch so ungerecht wäre, lieber als das Gegenteil. Es ist mir auch viel lieber, wenn Peter mitgeht. Ich weiß, daß Lju die Kinder liebt und versteht, er hat etwas Imponierendes, etwas Gewandtes, und wäre insofern geeignet, ihr Führer zu sein. Aber ich glaube, ich würde zuweilen davon träumen, daß er in somnambulem Zustande in ihr Schlafzimmer ginge und an ihrem Bett stände und sie mit dem rätselhaften Blick, der ihm eigen ist, betrachtete.
Ach, Tatjana, das muß ich Dir doch erzählen! Als ich damals den Drohbrief unter meinem Kopfkissen gefunden hatte, sagte Lju, es könnte auch jemand im Hause getan haben, den ein andrer daraufhin hypnotisiert hätte, so etwas wäre möglich. Da dachte ich an

seinen rätselhaften Blick und sein nächtliches Wandern, und es kam mir in den Sinn, er selbst könnte ja von einem fremden, dämonischen Willen besessen sein. Ich wäre damals nicht imstande gewesen, mit jemand darüber zu sprechen oder Dir davon zu schreiben, so grausig war mir die Vorstellung. Jetzt kann ich es ganz ruhig und lache sogar dabei. Neulich erzählte ich es Jegor, der amüsierte sich so darüber, daß ich jetzt immer lachen muß, wenn ich daran denke. Er sagte, je aberwitziger eine Geschichte wäre, desto bereitwilliger glaubte ich sie. Für ganz unmöglich halte ich so etwas aber doch an sich nicht, sonst hätte auch Lju es nicht gesagt.
Du bist also einverstanden, liebe Tatjana, daß Jessika zu Dir kommt? Wenn Peter fortgeht, wärest Du ja sonst allein, und Jessika ist so gern bei Dir. Uns freut es, wenn sie Dir etwas sein kann. Deine Lusinja

JESSIKA AN KATJA

Kremskoje, 8. Juli

Liebes Kleines! Werde nicht böse, aber es ist doch sehr häßlich von Dir, daß Du nicht kommen willst, solange Lju hier ist, und ihn dadurch aus dem Hause treibst. Das hat er doch nicht um uns verdient. Ich glaube, Du denkst, er handelte schlecht gegen mich, und das ist doch gar nicht richtig. Er liebt mich, aber er hat mir von Anfang an gesagt, daß er nicht wüßte, ob er mich jemals heiraten könnte, weil er zu stolz ist, und daß ich meinen Gefühlen den Charakter der

Freundschaft geben müßte. Das tue ich doch auch, und was ist denn dabei, daß er mein Freund ist? Er ist doch auch Weljas Freund und war auch Deiner, bis Du Dich so abstoßend gegen ihn benahmest. Er kann sich ja so einrichten, daß er den ganzen Tag nicht zu Hause ist, wenn Du hier bist. Für Papa und Mama ist die Geschichte doch auch peinlich, und da Du so viel Schönes vor Dir hast, könntest Du recht gut in solchen Kleinigkeiten ein wenig Rücksicht nehmen.

Bist Du böse, mein Brummerchen, daß ich Dir das sage? Ich predige Dir doch selten Moral, das mußt Du mir zugestehen. Aber Du wirst ja doch tun, was Du willst. Papa und Mama sind jetzt sehr wohl, es ist zu niedlich, wie sie sich auf ihr Alleinsein freuen. Sie sehen manchmal aus wie ein Brautpaar, das bald Hochzeit haben wird, jung und schön und geheimnisvoll beseligt. Ich freue mich, daß gerade Rosenzeit ist; in ein paar Wochen werden alle blühen, dann kann Mama alle Tage ihre Tafel mit Rosen bedecken und sich Rosen ins Haar stecken und alle Vasen vollfüllen.

Jessika

WELJA AN PETER

Kremskoje, 10. Juli

Lieber Peter! Gestern begegnete mir etwas Merkwürdiges. Ich wollte Lju in seinem Zimmer aufsuchen, und da er nicht da war, wartete ich auf ihn. Ich setzte mich an seinen Schreibtisch und blätterte gedankenlos in seiner Schreibmappe, da sah ich einen Zettel, auf den mit einer Handschrift etwas geschrieben war, was mir auffiel. Erst wußte ich gar nicht, warum – dann fiel mir plötzlich ein, daß mit derselben oder einer ganz ähnlichen Handschrift der Drohbrief geschrieben war, den Mama unter ihrem Kopfkissen gefunden hat. Denke Dir, ich habe zum ersten Mal in meinem Leben einen wahnsinnigen Schrecken bekommen, es drehte sich alles um mich. Und dabei weiß ich gar nicht bestimmt, was mich eigentlich so entsetzte; aber meine Hände und meine Schläfen waren in einem Augenblick mit Schweiß bedeckt. Wahrscheinlich machte mein Unbewußtes blitzschnell eine Reihe von Schlüssen, deren Ergebnis der Schrecken war. Ich ging rasch fort und versuchte meine Gedanken zu ordnen; ich schwöre Dir, ich war so bestürzt, daß ich nicht klar denken konnte. Als Lju wieder da war, richtete ich es so ein, daß wir uns in sein Zimmer setzten, ich blätterte in seiner Mappe, spielte mit dem Zettel und sagte so beiläufig, die Handschrift wäre ja der auf dem Drohbrief ganz ähnlich. »Nicht wahr?« sagte Lju vergnügt, »ich glaube auch, daß man sie für dieselbe halten kann. Ich habe versucht, sie aus dem Gedächtnis nachzumachen, damit man eventuell damit auf die Spur des Schreibers kommen könnte; aber dein Vater will ja nicht, daß die Sache verfolgt wird.« Papa hat nämlich den Brief zerrissen, das macht er immer so mit anonymen Zuschriften. Es ist ja unfaß-

lich, daß mir dies passieren konnte! Ich wußte, daß Lju anfangs mit dem Plan umging, herauszukriegen, wer den Brief geschrieben hat, und wußte auch, daß er sich viel mit Graphologie beschäftigt! Allerdings, sowie ich seine Stimme hörte und ihn sah, kam mir meine Aufregung schon gleich kindisch vor. Am liebsten hätte ich hernach zu Lju gesagt, wie es gewesen ist, aber ich weiß nicht warum, ich brachte es nicht über die Lippen. Er ist vollkommen ahnungslos und freut sich über seinen Erfolg; es ist ja auch eine kolossale Leistung, eine Schrift aus dem Gedächtnis so täuschend nachzuahmen.
Ich erkläre mir meine Dummheit damit, daß die Geschichte mit dem Drohbrief einen doch ein bißchen nervös gemacht hat. Wenn Papa anders wäre, würde man sich, glaube ich, tatsächlich ängstigen; aber er hat eine solche Sicherheit, daß man es für unmöglich hält, ihm könnte etwas zustoßen. Schließlich erlebt man doch auch solche Schauergeschichten nicht in Wirklichkeit, das ist höchstens Reiselektüre. Attentate sind ja allerdings oft vorgekommen. Aber Papa sagt, er wäre im allgemeinen gar nicht so verhaßt, und die Angehörigen der Studenten wären gebildete Leute, unter denen keine Mörder zu suchen wären. Dieser letzte Drohbrief sollte ihn doch nur einschüchtern, das wäre klar, und übrigens könnte man auch plötzlich krank werden und sterben, dem Tode wäre man immer ausgesetzt, man müßte dergleichen nicht beachten. Manchmal frage ich mich, ob die Furchtlosigkeit ein Vorzug oder ein

Mangel an Papa ist; vielleicht hat er einfach gar keine Phantasie.
Er ist jetzt ganz besonders gut aufgelegt. Seine Scharteke ist entzweigegangen, und er klütert stundenlang mit Lju daran herum, um herauszukriegen, woran es liegt. Lju betreibt die Sache auch mit Eifer und Ernst, es ist mir nicht klargeworden, ob er es tut, um Papa ein Vergnügen zu machen oder weil es ihn wirklich auch interessiert.
Herrgott, ich will froh sein, wenn wir erst in Paris sind; helfen oder ändern kann ich hier doch nichts. Erzähle Katja nichts von meiner Geschichte mit Lju. Papa sagt, in Deutschland könnte man sehr gut zweiter Klasse fahren. Vater, wie du willst, wenn wir nur überhaupt reisen.

Welja

JESSIKA AN KATJA

Kremskoje, 14. Juli

Katja, Du sollst auf gar keinen Fall kommen, hörst Du! Wenn Du nur noch nicht fort bist! Denke Dir, gestern ist das Väterchen plötzlich furchtbar krank geworden. Er hatte Krämpfe und wand sich und wurde blau im Gesicht, es war einfach schrecklich. Zuerst sagte Welja, er wäre betrunken, aber das merkte man bald, daß es etwas andres war, und die Mädchen sagten, er hätte die Cholera, und stellten sich unbeschreiblich an, keine wollte bei ihm bleiben. Lju nahm alles in die Hand, er sagte, Cholera könnte es nicht sein, das hätte andre Symptome, es wäre wahrscheinlich ein typhöses Fieber mit irgendwelchen Komplikationen. Er verordnete allerlei und blieb bei Iwan, obgleich Papa und Mama es nicht leiden wollten, weil sie meinten, es könnte anstekkend sein; aber er sagte, erstens glaube er das nicht, und außerdem fürchtete er sich gar nicht davor und wäre deshalb auch nicht empfänglich. Iwan starrte ihn immer ganz erschrocken an, wenn er zu sich kam, ich glaube, er hatte ihn ungern bei sich, aber er wagte es nicht zu sagen. Als der Arzt kam, sagte er, alles, was Lju angeordnet hätte, wäre angemessen, er würde auch nichts andres gemacht haben, und er glaubte auch, daß es Unterleibstyphus wäre. Papa und Mama wollen durchaus nicht, daß Du kommst, wegen der Ansteckung. Wir wären nun einmal da, das wäre nicht zu ändern, Du solltest Dich aber nicht mutwillig der Gefahr aussetzen. Ich finde, sie haben ganz recht, helfen kannst Du doch nicht, und Mama würde sich ängstigen, selbst wenn es mit der Anstekkung gar nicht so schlimm ist. Zunächst kann Iwan noch nicht in die Stadt transportiert werden, weil er zu krank ist. Das arme Väterchen! Welja sagt immer, es wäre zu schade um ihn, der Wein schmeckte ihm so gut, ja, mit Branntwein war er schon glücklich. Ich sehe Dich nun gewiß auch nicht mehr vor der Reise, mein Glühwürmchen! Aber ich komme nicht dazu, Dich zu vermissen, so viel ist jetzt zu tun!

Deine Jessika

LJU AN KONSTANTIN

Kremskoje, 16. Juli

Lieber Konstantin! Ich habe die Schreibmaschine abgeschickt. Es bleibt also dabei, daß die Explosion durch Druck auf den Buchstaben J zur Entladung kommt. Da wir uns auf einen Buchstaben einigen müssen, soll es der sein, mit dem der Vorname des Gouverneurs beginnt; es ist ausgeschlossen, daß er einen Brief schreibt, ohne ihn zu benutzen. Zunächst liegt nun die Verantwortung auf Dir. Ich bin froh, auf kurze Zeit davon frei zu sein, denn ich fühle mich krank. Es liegt mir ein Fieber in den Knochen, am liebsten würde ich mich zu Bett legen, ich glaube aber, daß ich das Entstehen einer Krankheit am ersten durch Widerstand verhindern kann. Es ist mir schon einmal gelungen. Der Kutscher Iwan hat den Unterleibstyphus in hohem Grade, er ist noch in Lebensgefahr; und weil hier Schrecken und Ratlosigkeit herrschten, denn die Dienstleute meinten, er hätte die Cholera, und ich einigermaßen Bescheid mit solchen Sachen weiß, habe ich mich seiner angenommen. Der Mann mag mich nicht leiden, er empfindet eine unklare Furcht oder Abneigung gegen mich, ich denke mir, er spürt in der Art, wie Tiere das können, die Gefahr, die seinem Herrn von mir droht. Ich habe eine besondere Vorliebe für diese noch halb tierischen, im Unbewußten lebenden Volksnaturen, es war mir eine ordentliche Freude, ihn zu behandeln und zu beobachten. Vielleicht habe ich mich bei der Pflege überanstrengt, da ich ohnehin

angegriffen war.
Sollte die Krankheit stärker als ich sein und sollte ich nach Petersburg ins Spital geschafft werden, das wäre sehr schlimm. Denn ich muß durchaus die Maschine selbst in Empfang nehmen und aufstellen. Ich kann aber mit Sicherheit darauf rechnen, daß Herr und Frau von Rasimkara mich im Hause behalten und bei sich verpflegen würden, selbst wenn ich mich sträubte. Vor allen Dingen rechne ich auf meine gesunde Natur und auf die Kraft meines Willens. Mauern einreißen wie Simson kann man wohl nicht mehr, aber seinen Körper aufrecht halten, wenn er einstürzen möchte, wenigstens für eine Weile. Auf alle Fälle erwarte noch ein Zeichen von mir, ehe Du handelst.

Lju

LUSINJA AN TATJANA

Kremskoje, 18. Juli

Liebste Tatjana! Wie sehr schnell wandelt sich doch das Antlitz aller irdischen Dinge, wirklich schneller als der bewölkte Himmel; das ist auch so ein Gemeinplatz, der uns plötzlich wie eine Offenbarung vorkommt, wenn wir seine Wahrheit erleben. Unserm guten alten Iwan scheint es besser gehen zu wollen; wenigstens meint der Arzt, daß, wenn die Krankheit zum Ende führte, schon eine erhebliche Verschlimmerung eingetreten wäre. Du weißt, wie eng wir mit unsern Leuten verbunden sind; andre zu haben wäre für uns geradeso traurig, wie in ein andres Haus zu ziehen. Einen Menschen in Lebensgefahr, gewissermaßen sterben zu sehen ist für mich überhaupt ein schreckliches Leiden; es wird mir dann auf einmal klar, daß dies unser aller Los ist, daß die schwarze Kugel ebensogut mich hätte treffen können und mich morgen vielleicht trifft oder übermorgen vielleicht, daß sie eines Tages mich unabwendbar treffen muß. Dann kann mich eine Angst erfassen, eine Angst, die tausendmal schlimmer als der Tod ist. Ja, an Iwan scheint er diesmal vorübergegangen zu sein. Aber gestern abend mußte sich Lju hinlegen. Er hat doch Iwan so gut gepflegt und sich der Ansteckung ausgesetzt, als ob es etwas Selbstverständliches wäre. Wir bewundern ihn um so mehr, als Iwan ihn niemals hat leiden mögen und kein Hehl daraus gemacht hat. Vorgestern war er schon nicht wie sonst; aber wenn ich ihn fragte, behauptete er, vollständig wohl zu sein. Gestern mittag sah er fieberhaft aus. Jegor, der natürlich nichts merkte, sprach davon, daß er seine Schreibmaschine vermisse, an die er sich so gewöhnt hätte, und daß er hoffe, sie käme bald wieder. Da sagte Lju: »Ach, sagen Sie das nicht! Mir wäre es lieber, wenn sie noch recht lange ausbliebe!« Ich habe mal von einem berühmten Schauspieler gelesen, der sich zuweilen vor der Aufführung berauschte und so haltlos war, daß man für unmöglich hielt, er könnte spielen; wenn er aber auftreten mußte, nahm er sich mit dämonischer Willenskraft zusammen und spielte hinreißend, nur selten ließ diese Kraft etwas nach, so daß sein Zustand zum Durchbruch kam. Weißt Du, daran erinnerte er mich in dem Augenblick; er war immer nahe daran, zu phantasieren. Ich stellte ihm eindringlich vor, daß er Fieber hätte und daß er sich hinlegen müßte, er gab es auch zu, behauptete aber, Bewegung wäre für ihn in solchen Fällen das Beste, er wollte einen Ausflug auf dem Rade machen. Es war ihm nicht auszureden, er fuhr fort und kam nach drei Stunden ganz in Schweiß und vollständig erschöpft zurück. Dann hat er sich zu Bett gelegt, ohne etwas zu sich zu nehmen. Heute ist er vollständig ermattet liegengeblieben, aber das Fieber scheint wirklich gebrochen zu sein. Der Arzt, der Iwans wegen kam, sagte, solche Kuren könnten tatsächlich zuweilen glücken, aber er würde sie niemand vorschreiben, es wäre nicht jedermanns Sache. Ein außerordentlicher Mensch ist Lju, er fesselt einen immer wieder aufs neue.

Liebe Tatjana, wenn wir nur erst allein sind! Ich pflege gern Kranke, und es ist mir ordentlich lieb, daß ich etwas für Lju tun kann – es ist nur sehr wenig, eigentlich pflegen kann man ihn gar nicht, er ist ein Mensch, der nur geben kann, zum Empfangen fehlt ihm das Organ – ja, aber ich hatte mich nun einmal auf das Alleinsein mit Jegor gefreut, und alles Unerwartete, was jetzt geschieht, kommt mir wie ein tückisches Hemmnis vor, das sich zwischen uns und die ersehnten Feiertage schiebt. Welja und Jessika wären schon heute zu Dir gekommen, aber sie wollten durchaus nicht abreisen, bevor sich entschieden hätte, ob Lju ernstlich krank würde. Gott sei Dank, daß diese Gefahr vorübergegangen ist – wie würde das in Jessikas weichem Herzen die Liebe gesteigert haben! Iwan wird, sowie er transportfähig ist, ins Spital geschafft werden; und bis er hergestellt ist, wird ein verläßlicher Mann, den wir schon mehrmals zur Aushilfe hatten, an seine Stelle treten. Ich dachte daran, mit Jegor in die Stadt zu kommen, um die Kinder abreisen zu sehen; er sagt aber, da er eigens Urlaub genommen hätte, um seiner Gesundheit wegen einen Landaufenthalt zu nehmen, möchte er sich lieber nicht in Petersburg sehen lassen, es könnte mißdeutet werden. Er meint auch, der Abschied würde mir dort viel mehr zum Bewußtsein kommen, ich würde mich sehr aufregen, weinen und so weiter. Ja, weinen werde ich wohl doch. Ein Jahr werden sie sicher fortbleiben, wenn nicht noch länger, sonst hat es kaum Zweck. Ein ganzes Jahr ohne die beiden Kinder! Wenn ich nicht Jegor gerade jetzt so für mich hätte –! Und dann bin ich auch nicht mehr so jung, daß ein Jahr mir lang schiene; sind nur zwölfmal dreißig Tage, ach, es ist eigentlich nur ein Atemzug! Wie froh bin ich, daß Peter mitgeht; ich will den Kindern auftragen, daß sie ihm folgen.

Deine Lusinja

WELJA AN KATJA

Kremskoje, 20. Juli

Mein kleiner Trompetenstoß! Du kannst losschmettern, denn morgen reise ich. Solltest Du kontra schmettern, so schadet es nichts, weil ich es nicht höre, es würde Dir also auch nichts helfen. Wir können Papa und Mama jetzt keine größere Wohltat erweisen, als daß wir abreisen. Es hat bereits eine Notiz in den Blättern gestanden über die ›rote Universität‹. Etwas Schlimmes kann den Leuten nicht passieren als höchstens, daß die Kurse aufgehoben werden; aber Papa ist es natürlich lieb, wenn wir nicht dabei sind, Väterchen lebt noch, er hat heute bereits nach einem Tropfen Schnaps verlangt, also scheint er mir in der Genesung begriffen zu sein. Da ich ihm nicht ade sagen soll, der Ansteckung wegen, habe ich ihm ein Abschiedsgedicht gemacht. Es fängt an:

> Schon fünf Tage sind hinabgesunken,
> Seit sich Väterchen zuletzt betrunken.

Und endet:

> Soll ich dir die treue Hand nicht reichen,
> Ohne Abschiedskuß ins Ausland weichen,
> Wünsch ich unter Tränen dir hienieden
> Gute Besserung oder ruh in Frieden.

Ich habe es Lju vorgelesen, der noch zu Bett liegt, er konnte gar nicht aufhören zu lachen, obgleich er wirklich sehr schwach ist. Er sagte, er wäre überzeugt, Iwan würde mich für den größten Dichter Rußlands und das Gedicht für die Ausgeburt aller Poesie halten, und er beneidete die Menschen, die noch durch den bloßen Rhythmus und den simpeln Reim in einen seelischen Rausch geraten können. Lju möchte gern mit uns nach Petersburg fahren, er fürchtet aber, er würde noch zu schwach sein, und Mama wird ihn auch gar nicht gehen lassen. Du wirst ihn also nicht mehr sehen. Jessika ist ein dummer kleiner Wurm mit ihrer Liebe, trotzdem empfehle ich Dir, süßes Spätzchen, zart mit ihr umzugehen, nicht zu zetern, nicht zu picken. Sie ist gerade wie ein Tautropfen, der in der Sonne schön wie ein Edelstein funkelt und beweglich lebendig ist und, wenn die Sonne fortgeht, glanzlos wird und versiegt. Dies schreibe ich, damit Du siehst, daß ich mich auch echt dichterisch ausdrücken kann. Hör mal, Peter soll für Zigarren und Zigaretten unterwegs sorgen, der hat gern Aufgaben zu erfüllen. Welja

LJU AN KONSTANTIN

Kremskoje, 23. Juli

Lieber Konstantin! Du hast mir nicht geschrieben, damit, wenn ich todkrank oder tot wäre, der Brief nicht in unrechte Hände geriete. Jetzt ist die Gefahr vorüber. Wenn Du keine weitere Nachricht von mir erhältst, laß die Schreibmaschine am 31. abgehen; melde es mir gleichzeitig. Die Krankheit ist endgültig gebrochen, aber ich bin noch sehr erschöpft, so erschöpft, daß ich gern noch ein paar Tage lang im Bett liegen würde, ohne zu denken, ohne andre Bilder in meinem Gehirn als das der dunklen Frau und des blonden Mädchens, die von Zeit zu Zeit durch mein Zimmer gleiten, sich über mich beugen und mit sanfter Stimme freundlich zu mir sprechen,

oder das der Tannen und Birken, die ich durch das offene Fenster sehen kann. Wird es einmal Menschen geben, die ohne Qual, ohne den göttlich-fluchwürdigen Stachel der Seele im Anschauen der Schönheit verharren können?
Welja und Jessika reisen morgen nach Petersburg, Jessika bleibt bei ihrer Tante. Wenn ich sie wiedersehe, wird sie ein schwarzes Kleid tragen. Diese Nacht, als ich den Mond, leuchtend bleich, von dunkelm Gewölk umgeben sah, mußte ich an ihren blonden Kopf über dem schwarzen Kleide denken. Ach, das ist das wenigste. Sie wird wieder rosige Wangen bekommen und lächeln und weiße Kleider tragen. Daß alles verdammt ist zu vergehen, indem es entsteht, das ist die einzige Tragik des Lebens; weil es das Wesen des Lebens ist, weil dies so geartete Leben das einzige ist, das jemals unser sein kann. Ich erwarte Deine Nachricht. Lju

LUSINJA AN KATJA

24. Juli

Mein Jüngstes! Heute reisen Welja und Jessika ab. Sie haben noch einen Tag auf Lju gewartet, ihm zuletzt aber selbst davon abgeredet, die Anstrengung des Reisens heute schon auf sich zu nehmen. Er ist aufgestanden, aber noch schwach. Etwa drei Tage wird er gewiß noch hierbleiben, also wirst Du ihn auf keinen Fall mehr sehen, wenn Ihr übermorgen fahrt. Jessika hat tapfer mit ihren Gefühlen ge-

kämpft, ich hätte ihr so viel Selbstüberwindung nicht zugetraut. Heute war sie schon in aller Frühe im Garten und pflückte Körbe voll Rosen, mit denen sie das ganze Haus geschmückt hat. »Ich finde, es ist wie ein Hochzeitshaus«, sagte sie. Dann sagte sie: »Mama, wir müssen euch doch eigentlich recht im Wege gewesen sein, als wir gleich so nacheinander anrückten?« Ich sagte: »Ja, wenn wir nicht selbst schuld gewesen wären, hätten wir uns vielleicht ein bißchen geärgert.« Dein Bruder Welja, der dazukam, sagte: »Gott, was denkst du, sie hätten sich schrecklich gelangweilt ohne uns.« Jessika entrüstet: »Anmaßender Junge! Du mit deiner Faulheit hast vor dem zweiten Jahre nicht gesprochen und vor dem zehnten keinen Witz gemacht.« Nun, Du kannst Dir denken, wie zierlich sie einander ankläfften. Und dazu das kleine Gesicht, so still und blaß unter dem alten Kinderlachen. Gebt ihr noch recht viel Liebe an dem letzten Tage, hörst Du, Herzblatt? Und kränke sie nicht dadurch, daß Du etwas gegen Lju sagst. Du bist ein viel zu junges und törichtes Glühwürmchen, als daß Du ihn richtig beurteilen könntest. Er ist jedenfalls ein bedeutender Mensch, und vor bedeutenden Menschen muß man die Achtung haben, daß man zunächst das Beste von ihnen denkt und im Zweifelsfalle mit seinem Urteil zurückhält.
Was den Chauffeur anbelangt, den Tante Tatjana statt des alten Aushilfsdieners zu nehmen vorschlägt, so kann sich Papa nicht dazu entschließen, obwohl er zugibt, daß es vielleicht angenehmer für uns wäre. Er

sagt, einen ganz fremden Menschen will er nicht ins Haus nehmen. Es käme nicht selten vor, daß die revolutionäre Partei auf diese Art ihre Leute in die Häuser einschmuggelte, um durch sie private Verhältnisse auszukundschaften oder sich mit der Dienerschaft in Verbindung zu setzen. Er möchte nicht gern ein zweideutiges Element zwischen unsre so treuen und zuverlässigen Dienstboten bringen. Da Papa von jeder Ängstlichkeit frei ist, wird diese Vorsicht wohl berechtigt sein. Wir bleiben also bei dem alten Kyrill, mehr als Iwan trinkt er auch nicht, und Papa sagt, Trunkenbolde hätten die treuesten Herzen.

Ich umarme Dich, Du geliebtes Kind! Habt Euch recht lieb, alle drei, und zankt Euch nicht auf der Reise, Du und Welja. Nennt Euch auch nicht Kalb oder Molch oder Spatzengehirn – das letzte geht allenfalls noch –, aus dem Scherz könnte einmal Ernst werden, und überhaupt ist es eine häßliche Gewohnheit, die bei Menschen, die Euch nicht kennen, Anstoß erregen kann. Gib auch acht auf Welja, als ob Du die Ältere wärest, aber ohne es ihn merken zu lassen; um ihn sorge ich mich mehr als um Dich – Du, mein Liebling, wirst schon das Rechte tun und etwas Rechtes werden.

Also bin ich nun eine kinderlose Frau! In meinem Herzen habe ich Euch aber, ganz fest, da seid Ihr noch klein und habt es gern, in einen winzigen Raum geschlossen dicht bei Eurer Mama zu sitzen.

Lebe wohl!

WELJA UND KATJA AN JEGOR

Petersburg, 26. Juli

Lieber Papa! Als Katja in Mamas Brief Deinen Ausspruch gelesen hatte, Trunkenbolde hätten die treuesten Herzen, trompetete sie los: »Seht ihr, Lju ist kein Trinker! Er trank Wein nur wegen der schönen Farbe und des Aromas!« Es wird sich nun gewiß verbreiten, Du hättest Lju entlassen, weil er sich niemals betrunken hätte, Du wirst ein Liebling des Volkes werden, und eine Horde taumelnder Kosaken wird Dich als freiwillige Schutzgarde beständig umgeben. Wir haben vorgestern abend Tante Tatjana überzeugt, daß sie uns zum Abschiedsessen sehr feinen Wein vorsetzte, und Peter, der gerade im Begriff war, in einen Abstinenzverein einzutreten, hat das deshalb bis zu unsrer Rückkehr verschoben.

Lieber Papa! Welja schreibt doch nur Dummheiten. Es ist nicht möglich, mit ihm zu leben, ohne zuweilen Kalb oder Molch zu sagen. Mama, Du hättest ihn von vornherein besser erziehen sollen. Mit dem Trinken hast Du ganz recht, Papa, es war eine abgeschmackte Idee von Peter, in einen Abstinenzverein eintreten zu wollen. Warum soll man nicht trinken, wenn es einem schmeckt? Zu dumm! Jessika sagt, um Euch brauchte man sich keine Gedanken zu machen, Ihr sähet beide jung und glücklich aus. So wollen wir Euch uns unterwegs vorstellen. Mit Jessika bin ich sehr nett, aber ein Schaf ist sie doch. Da fährt unser Wagen vor! Morgen um diese Zeit sind wir schon über die Grenze. Unterwegs schreibe ich Dir einen richtigen langen Brief, süße Mama.

Katja

LJU AN KONSTANTIN

Kremskoje, 1. August

Lieber Konstantin! Ich fahre morgen in der Frühe ab. Ich nehme das Automobil nach Petersburg. Von da fahre ich zu meinem Vater. Ich nehme an, daß die Schreibmaschine heute abend kommt. Es wäre mir nicht lieb, wenn sie früher käme, weil der Gouverneur dann wahrscheinlich zu schreiben verlangen würde. Die beiden Menschen freuen sich auf ihr Alleinsein wie glückliche Kinder. Sie wissen selbst nicht, was sie eigentlich erwarten – ach, mein Gott, was erwartet man überhaupt, wenn man einem Augenblick der Liebesaufwallung entgegensieht? Was findet man?

Daß jemand anders vor dem Gouverneur die Maschine benutzt, das einzige, was meinen Plan zerstören könnte, halte ich für ausgeschlossen. Die Dienstmädchen getrauen sich aus Angst vor dem Gouverneur nicht, sie anzurühren, besonders seit sie einmal entzweigegangen ist. Er hat ihnen einmal sogar verboten, sie abzustauben, er wolle das selbst tun. Auch wird er sie sehr bald in Gebrauch nehmen, einige Briefe hat er immer zu schreiben, auch wird er sie nach der Reparatur probieren wollen. Ein Tag wird nicht darüber hingehen. Vermutlich wird er an die

Kinder schreiben. Sie – seine Frau – was wird aus ihr werden? Das beste wäre für sie, wenn sie an seiner Seite wäre. Sie ist es ja fast immer. Wenn ich das nächste Mal nach Petersburg komme, möchte ich Dich sehen. Zunächst brauche ich Ruhe. Lju

LUSINJA AN JESSIKA

Kremskoje, 1. August

Jessika, mein Blümchen, Deine schönen Rosen sind nun welk, noch ehe die Freude des Alleinseins angefangen hat. Der Garten ist aber voll neuer. Lju reist morgen in aller Frühe ab, er hat sich schon verabschiedet, weil er früher fährt, als wir aufgestanden sein werden. Vorhin, als wir von einem Spaziergang zurückkamen, stand ein Mann an der Gartentür. Ich sah ihn erst, als wir ganz nahe bei ihm waren, und fuhr unwillkürlich zusammen. Lju lachte und sagte: »Es ist gewiß wieder der Paketbote mit der Schreibmaschine.« Und wirklich, er war es. Ich sah ihn ganz entsetzt und bewundernd an, und da lachte er wieder und Papa auch; es war nämlich ganz natürlich, daß er es erriet, weil sie eigentlich schon mit der ersten Post erwartet wurde. Denke dir, Papa fiel gar nicht über die Kiste her, sondern ließ Lju auspacken und sitzt jetzt noch bei mir und spielt so schön Klavier, wie sonst niemand auf der Welt spielt. Vielleicht duftet zur selben Zeit die Lindenblüte Deiner Stimme an Tante Tatjanas Flügel. Du weißt doch, daß Lju gesagt hat, Dein Gesang wäre so zart, daß man nicht

sagen könnte, er klänge –: er duftete. Es ist mir gerade, als hörte ich Dich, meine kleine Holdseligkeit.
Lju sah mich wieder mit einem unergründlichen Blick an, als er mir Lebewohl sagte; ich freue mich, daß ich diesem Blick morgen nicht mehr begegnen werde. Aber sei ganz ruhig, ich habe ihm ein allerliebstes Futterkörbchen für die Reise zurechtgemacht und will ihm sehr wohl. Wenn er nicht nachtwandelte, wäre ich seine unbedingte Freundin. Denke Dir, Väterchen hat zuletzt noch die Anwandlung bekommen, außer sich zu sein, daß Lju fortginge, bevor er wieder auf den Beinen wäre; er wäre jetzt krank und hinfällig und zählte nicht, und ein Mann müßte doch im Hause sein. Da hat Papa wütend gesagt: »Bin ich denn ein Klapperstorch?« Darüber hat Iwan erst geweint, und dann hat er gesagt, er hätte Papa noch nie für einen Klapperstorch gehalten, aber er sollte doch gerade beschützt werden, und sich selber beschützen könnte man nicht, so wenig wie man sich selbst den Rücken waschen könnte. Papa fragte Mariuschka, die uns dies berichtete: »Wer wäscht ihm denn seinen? Du?« Was sie entrüstet verneinte; also ist das im dunkeln geblieben.
Gute Nacht, Liebling. Wann werde ich Dir einmal Dein Haar mit Rosen schmücken? Wer weiß, wie bald! Das Schöne kommt unverhofft über Nacht.

Deine Mama

JEGOR AN WELJA UND KATJA

Kremskoje, 2. August

Nun, Ihr beiden kleinen Kinder, was für ein Unsinn ist das mit dem Trinken? Was soll ich gesagt haben? Gebildete Menschen müssen maßhalten, das ist selbstverständlich. Wenn ein russischer Bauer nicht trinkt, kann man auf Theorien und Berechnung schließen, auf den Hang zu irgendeiner Vervollkommnung; und wo der tierische Trieb einmal gebrochen ist, da tritt zunächst nichts Gutes an die Stelle. So; Ihr habt mäßig zu sein, weil Ihr für gebildete Menschen gelten wollt. Unser Schutzengel ist abgereist, ich habe augenblicklich keinen andern als Eure Mutter, unter deren Flügeln ich mich am wohlsten befinde. Eben tritt sie hinter meinen Stuhl, legt den Arm um mich und tut die nicht mehr neue, aber immer wieder gern gehörte Frage: »Warum bist du so blaß, J . . .«

Auf eigenen Wegen
21 Bücher von Isabel Allende bis Marina Zwetajewa

Auf eigenen Wegen. Das ist Altes und Neues, Bekanntes und Unbekanntes, Klassisches und Modernes, vom Schmöker über die Autobiographie zum Essay. 21 erfolgreiche Taschenbücher von Frauen: ein lebendiges, ein facettenreiches Bild, das der Suhrkamp Taschenbuch Verlag in preisgünstigen Sonderausgaben vorstellt: zum Kennenlernen, zum Wiederentdecken, zum Weiterempfehlen: Eine Einladung zum Lesen.

Isabel Allende
Das Geisterhaus

Roman. Aus dem Spanischen
von Anneliese Botond
st 1901. 503 Seiten.
»Das Geisterhaus«, der erste und vielleicht schönste Roman von Isabel Allende, das Buch, das sie weltberühmt machte: »ein Roman, wie es ihn eigentlich nicht mehr gibt, prall von Geschichte«.

Elizabeth von Arnim
Elizabeth und ihr Garten

Roman. Aus dem Englischen
von Adelheid Dormagen
st 1902. 132 Seiten.
Was bin ich doch für eine glückliche Frau, daß ich in einem Garten lebe, mit Büchern, Kindern, Vögeln und Blumen und reichlich Muße, all das zu genießen!
Elizabeth von Arnim

Tanja Blixen
Ehrengard

Aus dem Englischen von
Fritz Lorch
Mit einem Nachwort von
Brigitte Kronauer
st 1906. 90 Seiten.
»Ehrengard«, die letzte Erzählung, die Tanja Blixen geschrieben hat, hätte, wie sie kurz vor ihrem Tod verraten hat, auch den Titel »Tagebuch des Verführers« tragen können.

Emily Brontë
Die Sturmhöhe

Aus dem Englischen von
Grete Rambach
st 1907. 365 Seiten.
»Wuthering Heights«, »Sturmhöhe«, heißt das Besitztum in einer einsamen Moorgegend Englands, in dem dieser kunstvolle, durch drei Generationen führende Familienroman spielt.

Marguerite Duras
Der Liebhaber

Roman. Aus dem Französischen von Ilma Rakusa
st 1908. 194 Seiten.
Mag jeder dieses Buch auf seine Weise verstehen. Mir scheint, daß Marguerite Duras sagen wollte: ›Die Liebe, sie ist doch kein leerer Wahn‹. Joachim Kaiser, Süddeutsche Zeitung

Ingeborg Bachmann
Malina

Roman
st 1903. 362 Seiten.
»Malina«, der einzige Roman der großen Lyrikerin Ingeborg Bachmann, ist das Buch einer Beschwörung, eines Bekenntnisses, einer Leidenschaft.

Djuna Barnes
Nachtgewächs

Roman. Deutsch von Wolfgang Hildesheimer
st 1904. 192 Seiten.
Djuna Barnes gehört zu den größten zeitgenössischen Dichterinnen Amerikas. »Nachtgewächs« ist ihr bekanntestes Werk. Es ist ein Buch der Liebe, der Verzweiflung, der Nacht – der Nacht der Nächte.

Ulla Berkéwicz
Maria Maria

Drei Erzählungen
st 1905. 94 Seiten.
»Maria Maria«, drei Erzählungen, drei Märchen, drei Geschichten aus einer verzauberten und verzaubernden Welt.

Natalia Ginzburg
Ein Mann und eine Frau

Aus dem Italienischen von Arianna Giachi
st 1909. 190 Seiten.
Natalia Ginzburg, diese Meisterin des Einfachen, erzählt ohne Pathos und Sentimentalität Geschichten über den Zerfall der Familie, der Ehe, der Freundschaft.

Lillian Hellman
Eine unfertige Frau
Ein Leben zwischen Dramen

Aus dem Amerikanischen von Kyra Stromberg
Mit einem Nachwort von Ruth-Esther Geiger
st 1910. 276 Seiten.
Lillian Hellman, Theaterautorin, New Yorker femme fatale und Lebensgefährtin von Dashiell Hammett, hat alles andere als ein langweiliges Leben geführt. Knapp und klar erzählt sie ihren Lebensbericht.

Ricarda Huch
Der letzte Sommer

Eine Erzählung in Briefen
st 1911. 152 Seiten.
»Der letzte Sommer« ist eine meisterhafte Erzählung in Briefen, ist eine Kriminalgeschichte und ist auch das Psychogramm zweier Menschen im vorrevolutionären Rußland.

Marie Luise Kaschnitz
Elf Liebesgeschichten

Ausgewählt von Elisabeth Borchers
st 1912. 184 Seiten.
Zu irgendeiner Zeit und auf irgendeine Weise muß man es erfahren. Entweder man ist noch ganz jung, oder man ist gar nicht mehr jung. Aber einmal muß man es erfahren, auf jeden Fall.
Marie Luise Kaschnitz

Angeles Mastretta
Mexikanischer Tango

Roman. Aus dem Spanischen von Monika López
st 1913. 327 Seiten.
»Mexikanischer Tango«, ein Roman voller Liebe und Leidenschaft: Das Mädchen Catalina wird die Frau eines älteren und mächtigen Mannes und muß lernen, ihre eigene Stärke zu entdecken.

Erica Pedretti
Valerie oder
Das unerzogene Auge

st 1914. 140 Seiten.
Valerie ist das Modell des Malers Franz und seine Geliebte, und sie erkrankt an Krebs. Ohne seine Hilfe aber lernt sie, mit eigenen Augen zu sehen: »Nie war Glück etwas so Einfaches. Und noch nie war ich entschlossener als jetzt, es wahrzunehmen bis aufs letzte.«

Luise F. Pusch
Das Deutsche als Männersprache

Aufsätze und Glossen zur feministischen Linguistik
st 1915. 202 Seiten.
Seit Mitte der siebziger Jahre erlebt man mit wachsendem Befremden, wie frau die deutsche Sprache instandbesetzt. Früher fand sie keinen Raum in dieser Herr-berge, genannt »Muttersprache« (ausgerechnet).

Christiane Rochefort
Zum Glück gehts dem Sommer entgegen

Roman. Aus dem Französischen von Eugen Helmlé
st 1916. 222 Seiten.
»Zum Glück gehts dem Sommer entgegen« schildert den Auszug der Kinder aus der Welt der Erwachsenen. Der Roman ist eine Warnung an Eltern und Lehrer, Kinder ernst zu nehmen und sie als Menschen anzuerkennen.

Mercè Rodoreda
Der zerbrochene Spiegel

Roman. Aus dem Katalanischen von Angelika Maass
st 1917. 316 Seiten.
»Der zerbrochene Spiegel« ist der Roman einer Familie, die Geschichte von drei Frauengenerationen: Teresa, Oberhaupt der Familie, Sofia, deren Tochter, und Maria, uneheliches Kind des Schwiegersohnes.

Renate Rubinstein
Immer verliebt

Aus dem Niederländischen von Rahel E. Feilchenfeldt
st 1918. 138 Seiten.
»Immer verliebt« erzählt in Geschichten die Phasen und alle Aspekte der Liebe: das Grübeln über das andere Geschlecht, die Eifersucht und natürlich den Zustand der Verliebtheit, in dem »jede Handlung, jeder Zufall, seine tiefe Bedeutung erhält«.

George Sand
Geschichte meines Lebens

Aus ihrem autobiographischen Werk ausgewählt und mit einer Einleitung versehen von Renate Wiggershaus
st 1919. 255 Seiten.
»Geschichte meines Lebens« ist das Portrait einer Frau, die unabhängig und frei leben wollte und so gegen viele gesellschaftliche Konventionen und Regeln verstieß. Ein Buch, aktueller denn je.

Gertrude Stein
Zarte Knöpfe

(Tender Buttons)
Deutsche Übertragung von Marie-Anne Stiebel unter Mitarbeit von Klaus Reichert
st 1920. 102 Seiten.
Kein Werk Gertrude Steins ist höhnischer abgekanzelt worden als die 1914 erschienenen »Tender Buttons«, keines ist typischer für ihre experimentierende Schreibweise.

Marina Zwetajewa
Auf eigenen Wegen

Tagebuchprosa
Moskau 1917-1920, Paris 1934.
Übersetzung und Nachwort von Marie-Luise Bott
st 1921. 270 Seiten.
»Auf eigenen Wegen« versammelt alle bisher bekannte Tagebuchprosa, Texte voller Sprach- und Lebensbewußtsein, dieser neben Anna Achmatowa größten Lyrikerin und Prosaistin Rußlands.